미리 보는 이야기의 배경

어제중화척 조선 시대 정조가 신하들에게 내려 주었다는 자.(30면 참조)

진유척 조선 시대 관공서 등에서 사용했던 자. 네 면에 각각 다른 용도의 자를 새겼다. (34면 참조)

과지초당 추사가 말년을 보냈다고 하는 별장. 경기 과천시에 있다. 황병도 제공.(49면 참조)

옹정 과지초당에 있는 항아리 우물. 황병도 제공.(49면 참조)

「세한도」 추사 김정희의 대표작으로 제주 유배 시절에 그린 그림이다. 국보 제180호로 지정되어 국립 중앙박물관에서 위탁 관리 중이다.(60면 참조)

추사적거지 추사 김정희가 제주에 유배살이할 때 기거했다는 집. 추사는 이 집에서 9년 동안이나 홀로 지내야 했다.(79면 참조)

제주 추사관 제주 서귀포시에 있는 추사 김정희 기념관. 추사적거지와 붙어 있으며 2010년에 개관했다. 추사와 관련한 다양한 유물을 전시 중이다.(81면 참조)

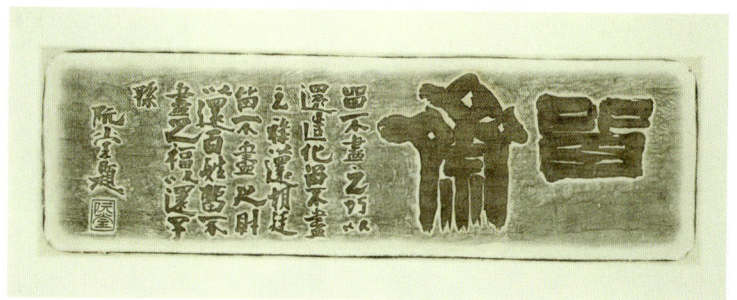

유재 현판 탁본 추사 김정희가 제자인 남병길에게 써 준 현판의 탁본. '유재'는 남병길의 호이다. 이 탁본은 제주 추사관에서 소장 중이다.(83면 참조)

「**복희여와도**」 중국의 창조 신화에 나오는 신 복희(왼쪽)와 여와(오른쪽)를 그린 그림. 중국 투루판 아스타나의 묘에서 출토된 그림으로 국립중앙박물관에서 소장 중이다.(115면 참조)

추사 김정희 조선 후기의 대표적인 학자이자 서예가. 독특한 글씨체인 추사체와 「세한도」 등의 그림으로 유명하다. 이 초상화는 그의 사후에 제자인 이한철이 그린 것이다.(210면 참조)

세한도의
수수께끼

세한도의 수수께끼

안소정 지음

창비

차 례

1부

날씨가 추워지다

진주의 아지트

나뭇가지 사이로 바람이 휭 지나갔다. 마른 나뭇잎 하나가 스케치북 위에 탈싹 앉았다. 바람이 지나갈 때마다 잎사귀들이 바스락거렸고 마른 가지들은 제 몸을 덜덜 떨었다. 진주의 몸도 떨려 왔다. 펜을 내려놓고 두 손을 비볐다. 스케치북에는 집과 나무들이 그려져 있다.

빗방울이 그림 위에 후드득 떨어졌다. 진주는 얼른 스케치북을 덮고 하늘을 올려다보았다. 머리 위 소나무에 회색빛 먹구름이 얹혀 있었다. 집에 가야겠다.

내려가는 동안 빗방울이 점점 굵어져서 진주는 어느새 달리기 시작했다. 숲에서 벗어나 오래된 주택들이 다닥다닥 붙어 있는 동네로 접어들었다.

　내리막길 옆의 조그마한 공터에는 을씨년스러운 시멘트 건물이 있다. 수도 가압장이다. 이 건물에 있는 펌프 시설 덕에 고지대에 자리한 집에도 수돗물이 나온다고 하는데, 진주 눈에는 그냥 버려진 건물로만 보였다. 수도 기사들이 일 년에 몇 번 점검을 위해 들를 뿐, 평소엔 문도 잠그지 않은 채 방치되어 있어서 더 그랬다.

　가압장을 바라보며 뛰던 진주는 멈칫하며 그 자리에 섰다. 그 앞을 스쳐 지나가는 사람이 언뜻 보였기 때문이다. 가압장은 주택가에 면한 큰길에서 꽤 벗어나 있어 평소에 그 앞을 지나는 사람은 거의 없다. 이상한 일이다. 진주는 비바람에 웅크렸던 목을 쭉 빼고 앞을 살폈다. 우산을 쓴 사람은 전봇대를 돌아서 골목으로 사라졌다.

　진주는 가압장 문 앞에 섰다. 빗물이 진주의 정수리와 이마를 타고 주르륵 흘러내렸다. 미닫이문을 드르륵 밀자 어두침침했던 실내가 밝아졌다. 시멘트 벽이 사방으로 둘러쳐진 한 평 남짓한 방에는 기다란 의자만 덩그러니 놓여 있었다. 진주는 안으로 들어갔다. 처음 가압장에 발을 들인 날도 오늘처럼 비가 왔다. 비를 피하려고 우연히 들른 이후, 호기심에 몇 번 더 오가면서 왠지 나만의 아지트처럼 편안해졌다.

　스케치북이 젖었을까 걱정이 됐다. 가방을 여는데 펜 한 자루가 의자 밑으로 또르르 굴러갔다. 고개를 숙이자 의자 밑바닥 틈새로 뭔가 삐죽 튀어나온 물건이 보였다. 틈에 끼어 있는 것을 빼 보니 손바닥만 한 갈색 수첩이다. 아무것도 쓰여 있지 않은 가죽 표지를 이리저리 살펴보다가 안을 펼쳤다. 한자가 빼곡히 적혀 있고, 그 뒷면에는 의미를 알 수 없는 숫자나 선들이 있었다.

진주는 다시 고개를 숙여 의자 밑을 들여다보았다. 손으로 의자 밑바닥도 더듬어 보았지만 더 이상 잡히는 것은 없었다. 궁금증이 일었다. 가압장 안을 한 바퀴 둘러보았지만, 비 탓에 쾨쾨해진 것을 빼면 달라진 것이 없어 보였다. 설비실 문도 밀어 보았지만 꿈쩍도 하지 않았다. 진주가 철문을 주먹으로 두들기자 텅텅거리며 소리가 울렸다. 좁은 가압장 안에 육중한 메아리가 퍼졌다.

가압장 문도 바람에 세차게 흔들리며 덜커덩댔다. 찬 바람이 들이쳐서 진주의 머리카락이 날렸다. 비를 맞은 탓인지 온몸이 으슬으슬했다. 진주는 수첩을 원래 있던 자리에 끼워 두고 가압장에서 나왔다.

대문이 보이는 골목으로 들어서자마자 카랑카랑한 목소리가 들려왔다.

"진주야, 은진주─."

대문 앞에서 고모가 손을 흔들며 부르고 있었다. 진주는 한숨을 내쉬고 골목길을 타박타박 올라갔다. 얼굴을 잔뜩 찌푸린 고모가 진주에게 물었다.

"어디 갔더노? 전화도 안 받고."

진주는 그제야 휴대 전화를 꺼냈다. 전원이 꺼져 있었다.

"전화기 약 떨어졌는갑지? 아이고, 날이 와 이래 춥노. 얼른 들어가자."

고모는 진주의 등을 대문 안으로 밀어 넣으면서 쉬지 않고 말했다. 고모는 항상 몇 가지 주제를 한꺼번에 말한다.

"비 마이 안 맞았나. 비 그치고 제대로 세한 추위가 오는갑다. 너그 아빠는 잘 있나 모르겠네……."

고모가 진주의 마음을 읽은 듯이 말했다. 아빠와 단둘이 살던 진주는 아빠가 중국으로 발령을 받은 탓에 올봄부터 고모와 함께 살게 되었다. 진주는 아빠 얘기가 더 나올까 봐 고모의 말을 듣는 둥마는 둥 현관 계단을 올랐다. 뒤따라오던 고모가 진주의 어깨를 탁쳤다.

"점심도 안 묵고, 밥통에 밥이 그대로 있대?"

"아, 놀랐잖아."

진주가 눈을 살짝 흘겼다. 방으로 향하는 진주의 등에 대고 고모가 소리쳤다.

"하이고, 가자미눈 될라. 배곯고 다니면 나중에 큰 병 난데이. 후뜩 밥 묵어라."

고모의 잔소리가 끝없이 이어질 것 같아 진주는 방에 가방만 던져두고 나와 식탁에 앉았다. 고모가 구운 가자미를 손으로 뜯으며 말했다.

"니 그림 한번 기가 막히게 그리더라. 가자미를 꼭 산 거맨치로 그렸구만."

진주가 젓가락을 들다 말고 고모를 흘겨보았다. 고모는 발라낸 생선 살을 진주의 밥 위에 올려놓으며 변명했다.

"저번에, 책상 우에 공책이 있어서 안 봤나."

고모는 빨랫감이나 청소를 핑계 삼아 진주의 방에 무시로 드나들며 옷장이나 책상 서랍을 열어 보곤 했다. 진주가 질색하며 빨래나 방 청소는 자신이 하겠다고 말해도 소용없었다. 진주가 있거나 없거나 아랑곳없이 불쑥불쑥 드나들며 참견했다.

"근데 니가 그린 가자미는 눈이 와 그래 슬프노. 내가 가자미는 마이 봤어도 그래 눈이 슬픈 가자미는 첨 봤다. 니 맴이 꼭 그런갑다, 쯧쯧."

진주는 묵묵히 밥을 떠서 입에 넣었다.

"방학인데 학원도 때려치우고, 뭐 할 건데?"

진주는 대답 대신 엉뚱한 질문을 했다.

"고모, 가압장에 귀신이 산다고 한 얘기 진짜야?"

조금 전 가압장에서 발견했던 수첩이 생각났다. 고모가 눈을 치뜨고 진주를 쳐다보았다.

"야가 무슨, 귀신 씻나락 까먹는 소릴 하노, 밥맛 떨어지게. 니 또 가압장 갔었나? 거기 들락거리다가 큰일 난다. 처녀 귀신이 사는 기라."

"처녀 귀신?"

진주는 젓가락질을 멈추고 눈을 동그랗게 떴다. 고모가 밥을 삼키고 마지못한 듯 천천히 입을 열었다.

"하모, 젊은 여자가 가압장에서 죽은 기라. 오래전에, 이 집에 이사 오고 우리 경수가 초등학교 다닐 때……."

"그래서? 여자가 죽었는데?"

고모가 또 샛길로 빠지려 하자 진주는 재빨리 끊고 물었다. 고모는 찌개를 한 숟갈 떠먹고 이야기를 계속했다.

"여자가 죽고 나서 거기 들어갔던 사람들이 다들 귀신을 봤다더라. 에구, 내가 밥 먹다 말고 뭔 소리 하노."

고모는 가압장에 귀신이 있다고 철석같이 믿는 듯했다. 전에는 가압장 설비실 안에 사는 귀신이 수도관을 타고서 집집마다 들락거린다는 말도 했었다. 실제로 고모는 부엌 개수대 옆에 마늘 꾸러미를 매달아 놓았다. 진주는 그것을 볼 때마다 어이없어 헛웃음이 나왔다.

고모가 숟가락으로 식탁을 탁탁 쳤다.

"이상한 데 관심 쏟지 말고 공부나 해라. 니도 인자 거긴 가지 말고, 알았나? 귀신이 잡아간데이."

"치, 무슨 귀신이 있다고 그래. 난 괜찮아. 안 무서워."

진주가 퉁명스럽게 대꾸했다. 인적이 끊어진 가압장은 진주에게 안성맞춤인 장소였다. 몇 달 전 전학한 뒤로 아직 변변한 친구도 사귀지 못해 혼자 시간을 보낼 때가 많았다. 산에서 그림을 그리며 시간을 보내기도 했지만 요즘은 추워서 힘들었다. 몇 번 들러본 가압장은 왠지 아늑했다. 물론 고모가 장사를 나가는 낮 시간에는 집이 늘 비어 있지만, 그곳에 가면 왠지 마음이 편했다. 진주는 그런 아지트를 포기할 생각이 전혀 없었다.

학예사의 수첩

다음 날, 진주가 일어났을 때 고모는 벌써 시장에 나간 뒤였다. 혼자 아침을 먹던 진주는 문득 어제 가압장에서 본 수첩을 떠올렸다. 아무래도 다시 가 봐야겠어. 식탁을 부리나케 치우고 집을 나섰다. 바람은 어제보다도 매서웠다. 옷깃을 꼭꼭 여미고 주머니에 손을 넣은 채 골목을 내려왔다.

가압장에 들어선 진주는 찬 공기를 막기 위해 서둘러 문을 닫았다. 햇빛이 들어오지 않는 가압장 안은 어두침침했다. 의자 쪽으로 발을 떼는데, 깜짝 놀라 하마터면 뒤로 자빠질 뻔했다. 의자 위에 익숙하지 않은 형상이 보였던 것이다. 어두운 공간에 눈이 조금 익숙해지자 그 형상이 누워 있는 사람임을 알 수 있었다. 진주에게 등을 보인 채 누운 사람은 꼼짝도 하지 않았다. 진주는 그냥 밖으로 나가려고 돌아서다가 불현듯 걱정이 되었다. 혹시 죽은 거 아닐까. 흔들어 볼까. 처녀 귀신이 있다는 고모의 말도 떠올랐다. 덜컥 겁이 나서 한 걸음 뒤로 물러섰다.

갑자기 의자에 누워 있던 사람이 꿈틀하더니 진주 쪽으로 돌아누웠다. 진주는 깜짝 놀라 문고리를 붙잡았다. 젊은 남자였다. 안경을 쓰고 점퍼를 입은 남자의 인상은 그렇게 험악해 보이지는 않았다.

죽은 건 아니구나. 안도하는 순간, 남자가 눈을 번쩍 떴다. 진주는 너무 놀라 문을 밀어젖히고 뛰쳐나갔다. 공터를 지나 골목 입구까지 뛰어가 가쁜 숨을 내쉬었다. 전봇대 뒤에서 고개만 빼꼼 내밀고 가압장 쪽을 바라보았다.

잠시 후 가압장 안에서 남자가 나왔다. 그는 문 앞에 서서 밖을 이리저리 살피더니 진주 쪽을 보고는 손을 높이 치켜들었다. 손에 뭔가 들고 있었다.

"아, 스케치북!"

진주가 짧게 외쳤다. 남자의 손에 들린 스케치북이 이리저리 흔들렸다. 급하게 도망치느라 떨어뜨린 모양이다. 남자는 다시 스케치북을 흔들었다. 밝은 곳에서 보니 더더욱 불량한 느낌은 아니고, 외려 낯이 익었다. 그래도 진주는 여전히 전봇대 뒤에서 고개만 내밀고 있었다. 결국 남자는 스케치북을 들고 가압장 안으로 들어가

버렸다.

진주는 잠시 망설이다가 전봇대 뒤에서 나와 가압장을 향해 천천히 걸음을 뗐다. 열려 있는 가압장 문 앞에서 안을 들여다보았다. 남자는 진주를 보더니 의자에 놓인 스케치북을 집어 들었다.

"저기, 이거 네 거니?"

"예……."

진주는 문밖에 서서 대답했다. 남자는 스케치북을 펼쳐서 진주의 그림을 보기 시작했다. 맨 첫 장은 꽃도 열매도 없이 마른 매화나무를 그린 것이고, 그다음 장은 쭉 뻗은 소나무와 전나무 그림이었다. 계속해서 스케치북을 넘기던 남자가 슬며시 미소를 지었다. 그는 그림에서 눈을 떼지 않고 물었다.

"이 동네구나. 어디서 그렸니?"

"저기…… 산에서요. 뒷산에서 그린 거예요."

진주는 여전히 문밖에서 고개만 들이민 채 대답했다. 남자가 안경을 올리며 진주를 보았다. 가느다란 티타늄 안경테 너머로 눈이 마주쳤다. 저 얼굴, 어디서 봤더라.

"그래? 산에서 이렇게 잘 보이나?"

"겨울 되니까 잘 보이더라고요……."

"나는 여기 살아."

남자가 그림의 한 곳을 손가락으로 짚었다. 진주는 안으로 한 걸음 들어가 남자가 가리키는 곳을 보았다. 재개발 지역에 들어선 고층 아파트였다. 그가 또 물었다.

"가압장은 안 그렸니?"

"산에서는 안 보여요."

"그림 잘 그린다."

"스케치북 주세요."

진주가 손을 내밀었다. 남자는 앉은 채로 스케치북을 건네며 진주를 똑바로 쳐다보았다.

"가압장에 자주 오니?"

"……."

대답 않고 그를 빤히 쳐다보던 진주의 눈이 반짝였다.

"아, 맞다. 수학 선생님!"

"선영중?"

"예, 2학년이에요. 3학년 수학 샘이시죠? 성함이 나……."

"나윤기. 나를 알아보네. 2학년은 안 가르치는데."

"복도에서 뵌 적 있어요."

진주의 동급생들은 벌써부터 내년에 만나게 될 교사들에게 관심이 많았다. 3학년을 가르치는 선생님들이 복도를 지나가면 그들의 수업 방식이며 성격까지 와자지껄 떠들어 댔다. 나윤기 선생은 학생들과 그렇게까지 격의 없이 지내지는 않았지만 수학을 가르치는 데다 젊은 교사인 덕에 학생들 사이에서 존재감이 있는 편이었다. 그래서 전학한 지 얼마 안 된 진주도 그를 알고 있었다.

"이 동네 사니?"

진주는 스케치북을 가방에 넣으며 고개를 끄덕였다.

"여기 자주 와?"

"가끔요."

"안 무섭니? 인적도 드문데?"

"뭐, 괜찮아요. 아무도 안 오니까 더 좋은 거죠."

진주의 맹랑한 대답에 나윤기가 빙긋 웃었다.

"그건 그래. 나 어릴 때도 그랬지. 친구랑 같이 만화책도 보고 라면도 끓여 먹었는데."

윤기가 생각에 잠긴 눈으로 밖을 바라보았다.

"선생님은 어렸을 때부터 이 동네에서 사셨어요?"

"응, 여기가 고향이야."

선생님이라는 사실에 경계심이 풀린 진주는 오래전부터 가압장을 드나들었다는 윤기에게 궁금했던 것을 물었다.

"선생님도 여기 귀신 있다는 얘기 들으셨어요?"

"으응, 그 얘기 우리 어릴 때도 있었는데? 여자가 저 위에서 죽었다던가……."

그는 가압장 천장을 가리켰다. 기다란 관 여러 개가 설비실 안으로 뻗어 있었다. 어제 고모가 얘기한 처녀 귀신은 윤기가 말한 여자를 가리킬 것이다. 진주는 천장을 올려다보며 호기심 어린 목소리로 물었다.

"누군지도 아세요?"

"아니, 그건 몰라. 어쨌든 가압장 근처엔 아무도 얼씬하지 않았어. 그 덕분에 완전히 우리 아지트였지."

"그래서 요즘도 오시는 거예요?"

"어, 아니, 커서는 잘 안 왔어. 오늘도 십몇 년 만에 온 거야."

윤기는 고개를 돌려 가압장 안을 둘러보았다. 마음이 놓인 진주는 아예 의자 가장자리에 걸터앉았다.

"그런데 아까는 샘 보고 진짜 귀신인 줄 알았어요. 왜 여기서 주무셨어요?"

"친구를 만나기로 했거든."

"여기서요?"

"응, 근데 못 만났어."

"이런 데서 약속을 하시다니 샘도 독특하네요. 게다가 주무시기까지."

"나도 모르게 깜박 잠들어 버렸네. 친구랑 연락도 안 되고……."

며칠 전, 윤기는 친구 장우형의 전화를 받았다. 오랜만에 연락한 우형은 밑도 끝도 없이 다음 날 가압장에서 만나자는 얘기를 꺼냈다. 윤기는 의아해하면서도 가압장에 나가 우형을 기다렸지만 그는 오지 않았다. 캄캄한 가압장에서 밤늦게까지 기다리며 여러 번 연락해 보았지만 우형의 휴대 전화는 꺼져 있었다.

"가압장에서 같이 놀던 친구분이신가 봐요."

"응, 그 친구 맞아."

진주의 물음에 윤기는 고개를 끄덕였다. 마지막으로 가압장에 온 게 언제였는지 기억나지 않을 만큼 오랜만이었다. 왜 여기서 보자고 했을까. 약속 다음 날에도 우형의 연락은 없었지만 대수롭지 않게 생각했다. 그런데 어젯밤에 우형과 같은 직장에 다니는 친구의 전화를 받고 나니 심상치 않게 여겨졌다. 그는 우형이 이틀째 결근했으며 연락도 되지 않는다고 했다. 그래서 윤기는 혹시나 하고 오늘 아침 일찍부터 가압장에 와 본 것이다.

"무슨 일이지? 출근도 안 하고……."

윤기는 중얼거리며 의자에서 일어났다. 진주는 무언가 떠올리고 황급히 윤기를 불렀다.

"샘, 잠깐만요."

윤기가 진주를 돌아보았다. 진주는 고개를 숙이더니 팔을 뻗어 의자 밑을 더듬었다. 그러고는 수첩을 꺼내 윤기에게 내밀었다.

"이거요."

윤기는 갈색 수첩을 받으며 진주를 쳐다보았다. 진주가 의자 아래를 가리켰다.

"이게 이 밑에 있었어요."

윤기는 수첩의 가죽 표지를 살폈다. 그리고 천천히 수첩을 넘겨 보더니 고개를 갸우뚱했다.

"이건…… 우형이 글씨 같은데? 그 친구 수첩인가……."

“만나기로 하신 친구분요?”

“응, 이게 의자 밑에 있었다고? 왜 거기 있지?”

“숨겨 둔 거 아닐까요?”

진주가 호기심이 가득한 눈으로 말했다. 윤기는 허리를 숙여 의자 아래를 손으로 훑어 보고 다시 일어났다.

“이 수첩 언제 발견했니?”

“어제요.”

의자에 앉은 그는 수첩을 펼쳤다. 진주도 옆에 앉아서 물었다.

“친구분이 놔둔 거 맞아요? 왜요?”

“……”

윤기는 대답 없이 수첩을 계속 살펴보았다. 진주가 조심스럽게 또박또박 말했다.

“잃어버린 게 아니고 일부러 숨긴 거라면요, 뭔가 중요한 거 아닐까요?”

“그래……”

진주는 천천히 고개를 끄덕이는 윤기와 수첩을 번갈아 보며 또다시 물었다.

“친구분은 무슨 일 하시는데요?”

“학예사야. 국립중앙박물관에서 일하는데, 고미술 연구를 주로 하지.”

“어쩐지, 한자가 잔뜩 적혀 있더라고요.”

윤기는 수첩을 덮으며 중얼거렸다.

"이제 기억이 나네……."

"뭐가요?"

"어렸을 때, 내가 여기 의자 밑에 뭘 숨겨 놓곤 했거든……. 맞아, 돈도 여기 숨겨 놨었어. 그 친구가 모르는 줄 알았는데, 아니었나 보네."

윤기의 입꼬리가 살짝 올라갔다. 우형은 윤기가 숨겨 놓은 것들을 알면서도 모르는 척했던 것이다. 친구와의 추억이 되살아나며 가슴속에 아릿한 기운이 일렁였다.

"그런데 굳이 여기에 숨길 이유가……."

"샘이 찾아내길 바란 거 아닐까요? 여기서 만나기로 하셨다면서요."

"글쎄……."

우형은 계속해서 가압장을 드나들었던 것일까. 윤기는 수첩을 다시 펼쳐 보았다.

"반척중화절……. 척중화?"

윤기가 중얼거렸다. 한자가 잔뜩 적혀 있는 면을 보고 있었다.

"중화……척? 자?"

진주는 호기심 어린 눈으로 수첩과 그를 번갈아 보았다.

"샘은 이게 뭔지 아세요?"

"음, 중화척이라는 자에 적혀 있는 시 같은데."

"자요? 길이 재는 자 말씀이세요?"

"그래, 조선 시대 정조 임금이 신하에게 내린 자인데 그 자에 은으로 글을 새겼거든."

"은으로요? 우와, 그런데 왜 그 시를 수첩에 적어 놓았을까요?"

"그 친구가 나한테 아느냐고 물어본 적이 있는데."

몇 년 전, 제주에서 우형을 만났던 일이 떠올랐다. 수학여행 인솔차 제주에 간 윤기는 당시 제주에서 추사관 설립을 위해 일하고 있던 우형을 잠시 만날 수 있었다. 그때 우형이 제주의 추사 유배지에서 중화척과 추사의 자필 편지가 발굴되었다며 중화척을 아느냐고 물었었다. 동양 수학을 전공한 윤기도 국립중앙박물관에 있는 '정조의 중화척'을 잘 알고 있던 터라, 둘은 모처럼 같은 소재를 놓고 각자의 분야에서 대화했다. 그리고 그날이 우형을 본 마지막 날이었다.

윤기는 수첩을 다시 넘겼다. 한 면이 꽉 차도록 가로세로로 두 줄씩 기다란 선이 그어져 있고, 그 옆면에는 도형도 그려져 있었다. 의미를 알 수 없는 숫자와 한자 단어가 적혀 있는 면도 있었다. 진주가 고개를 갸우뚱했다.

"육각형이네요. 숫자도 적혀 있어요. 무슨 뜻일까요?"

"글쎄⋯⋯."

윤기는 수첩을 닫았다. 시계를 보고는 의자에서 일어났다.

"수첩 찾아 줘서 고맙다. 참, 이름이 뭐니?"

"진주요."

"진주? 그럼 또 보자."

윤기는 문을 향해 발걸음을 떼다가 진주를 돌아보았다.

"오늘이 일요일이지?"

"예, 일요일 맞아요."

"그럼 박물관 여나⋯⋯."

"국립중앙박물관요? 일요일에도 열죠."

진주가 자신 있게 말했다. 윤기도 고개를 끄덕였다.

"그렇지, 보통 월요일에 휴관하니까."

진주가 일어나며 물었다.

"박물관 가시게요?"

"응, 그러려고."

"그 정조 임금 자 보시려고요?"

"응, 왜? 너도 가고 싶니?"

윤기가 진주에게 물었다.

"어떻게 생겼나 궁금하기도 하고요⋯⋯."

"그럼⋯⋯ 수첩도 찾아 줬는데, 같이 보러 갈래?"

윤기가 빙긋 웃으며 수첩을 흔들어 보였다.

"가자. 가 보면 배우는 게 많을 거야."

"지금 당장요?"

"집에 들렀다가…… 한 10시쯤?"

"어디서 만나요? 여기요?"

"그러지 뭐."

"그럼 이따 10시, 여기요."

진주는 가압장 문을 나서는 윤기의 등에 대고 재차 확인했다. 그는 돌아보지 않은 채 손만 들어 답했다. 진주도 밖으로 나왔다. 원래는 가압장에서 그림을 그리며 시간을 보낼까 했지만 뜻밖의 박물관 나들이도 나쁘지 않을 것 같았다. 집으로 향하는 진주의 발걸음이 상쾌했다.

사라진 자, 중화척

　진주는 부리나케 방으로 들어가 컴퓨터의 전원을 켰다. 가압장에 숨겨져 있던 수첩 속의 수수께끼 같은 내용이 너무나 궁금했다. 중화척은 무엇일까? 수첩에 쓰여 있던 한자는 어떤 내용일까? 박물관 학예사가 왜 수첩을 숨겨 놓은 걸까? 머릿속에서 끊임없이 이런저런 의문이 떠올랐다.

　인터넷에서 '중화척'이라고 검색을 해 보니 '철제은상감척'이라는 유물 이름 아래에 길쭉한 자의 사진이 나왔다. 정조 임금이 신하들에게 내려 준 자라는 설명도 적혀 있었다.

　진주는 그 내용을 전부 인쇄한 후 다시 가압장으로 향했다. 약속 시간이 되었는데 나윤기는 보이지 않았다. 안으로 들어가지 않고

밖에서 기다렸다. 가압장 주변은 인기척 없이 고요했다. 한참을 기다렸지만 윤기는 나타나지 않았다.

"뭐야, 약속을 해 놓고…….'

진주가 시계를 보며 투덜거렸다. 그때였다. 고요하던 공터에 엔진 소리가 크게 울리며 골목에서 낡은 은회색 차가 나타났다. 윤기가 창문을 열고 미안한 표정으로 얼굴을 내밀었다.

"차가 고물이라 말썽을 부려서……. 많이 기다렸니?"

"예, 안 오시는 줄 알았잖아요. 인터넷에서 중화척도 찾아봤는데……."

"그래? 이거 미안하네. 그래도 예습은 제대로 했겠다."

"그럼요. 이렇게 인쇄까지 했는걸요."

진주가 가방을 열어 인쇄물을 꺼냈다. 윤기가 힐끔 보고는 씩 웃었다.

"오, 박물관 참관 자세가 좋은걸. 내 친구가 봤으면 되게 좋아했겠다. 근데 이름이 뭐라 그랬지? 미안, 금세 잊어버렸네."

진주가 입을 삐죽 내밀었다.

"아이참, 진주요, 은진주."

"은진주. 음, 비싼 이름이네."

"후후, 맞아요. 근데 샘도 만만치 않아요. 나는 윤기가 좌르르……."

"내 이름이 그런가?"

윤기가 활짝 웃었다. 차는 어느덧 주택가를 벗어났다. 멀리 고층 아파트 뒤로 펼쳐진 북한산이 희뿌옇게 보였다. 윤기가 진주의 인쇄물을 슬쩍 보더니 물어보았다.

"그래, 거긴 뭐라고 나왔니?"

진주는 헛기침을 한 번 하고 인쇄물을 읽었다.

"으흠, 정조 임금이 신하에게 내린 자, 어제중화척(御製中和尺), 철제은상감척, 조선 18세기 후반. 길이 49.7센티미터. 다섯 개의 눈금이 약 5센티미터 간격으로 그려져 있다."

"그리고?"

"정조가 직접 지은 시가 은으로 입사되어 있다. 정조 20년 2월

어제중화척
정조가 신하에게 내린 자. 본래 중화절에 왕이 신하들에게 자를 내려 주는 풍습은 중국 당나라에서 시작되었다. 관료들이 농사에 힘쓰라는 뜻을 담고 있는 관례였으며 정조는 이를 본받아 신하들에게 자를 내려 주었다.

초하루에 정조가 대신들과 가까운 신하들에게 자를 나누어 주었다. 입사가 뭐예요?"

"새겨 넣었다는 얘기지. 사진도 나와 있니?"

"네, 인쇄해 왔어요. 한자도 보이네요. 다섯 글자씩 여덟 문장. 수첩에 있던 그 시 맞죠? 무슨 뜻이에요?"

"뭐, 중화절에 자를 나눠 준다는 내용이지. 음력 2월 1일을 중화절이라 하는데 새해 농사가 시작되는 날이야. 양력으로 3월 초쯤이지? 옛날에는 나라에서 아주 중요한 날로 삼았어."

"왜 중요한데요?"

"한겨울을 잘 지내고 이날부터 봄갈이를 하면서 본격적으로 농사를 시작했거든. 궁궐에서도 임금과 관료들이 이날부터 새해 업무를 시작했고."

"아하, 개학 날 같은 거네요."

"맞아, 대궐에서도 시무식 같은 행사를 했는데, 정조는 신하들에게 새해에도 일을 잘하라며 자를 나누어 준 거야."

"그래서 '정조 임금이 신하에게 내린 자'라는 거군요."

"자에 새긴 첫 문장이 '반척중화절', 바로 중화절에 자를 내려 준다는 뜻이야. 오늘 특별 수업 한번 제대로 받는구나."

윤기의 말에 진주가 해죽 웃다가 고개를 갸우뚱했다.

"그런데요, 이해가 안 되는 게 있어요."

"뭔데? 까짓것 오늘 다 물어봐라."

"정조 임금은 왜 하필이면 자를 줬어요? 다른 것도 많잖아요. 붓이나 벼루라든가, 옷이나 돈도 있고요. 이런 게 더 좋지 않아요?"

"하하, 한번 생각해 봐. 왜 그랬을까?"

"글쎄요, 뭔가를 잘 재라는 뜻인가요? 아님 수능 때 시험 잘 보라고 거울을 선물하는 것처럼 다른 뜻이 있는 건가?"

"하하, 비슷해. 올곧은 잣대로 나랏일을 잘하고, 백성을 잘 살피라는 뜻이야."

"올곧은 잣대? 에이, 특별한 뜻이라도 있나 했네요."

"충분히 특별한 뜻 아닐까?"

진주의 표정이 심드렁해지자 윤기가 빙긋 웃으며 말했다.

"예전에 자는 결코 대수롭지 않은 물건이 아니었어. 조선 시대 기록을 보면 여러 임금들이 지방 수령에게 자를 내렸다고 해. 암행어사에게도 마패와 함께 놋쇠로 만든 자를 줬다고 하지. 암행어사는 이 자를 허리춤에 차고 다녔대."

"암행어사가 자를 차고 다녔다고요?"

암행어사가 자를 차고 다녔다니, 처음 듣는 말이다. 진주는 자신을 놀리는 건가 싶어 눈을 동그랗게 뜨고 윤기를 쳐다보았지만 그는 시침을 떼듯 밖을 두리번거렸다.

"주차장이 어디더라? 아, 저기서 좌회전하면 되네."

진주도 창밖을 보았다. 국립중앙박물관 안내판이 보였다. 이곳에는 진주도 견학이나 과제 때문에 몇 번 와 본 적이 있다. 주차한 뒤 1층으로 향하는 에스컬레이터를 탔다. 윤기가 뒤에 서 있는 진주를 돌아보았다.

"참, 어디까지 얘기하다 말았지?"

"사실인지는 몰라도 암행어사가 자를 차고 다녔다는 말을 하시긴 했어요."

"거참, 얘가 실없는 말인 줄 아나 보네. 그거 밑줄 쫙 그을 만큼 중요한 내용이야."

윤기는 박물관 1층에 들어서자 곧장 왼쪽으로 걸어갔고, 진주도 팸플릿을 하나 집어 들고서 뒤따라갔다.

"먼저 중화척부터 보자."

어제 윤기에게 전화한 친구는 외근 중이라고 했다. 중화척을 보며 그를 기다리기로 했다.

전시실 안으로 들어간 윤기는 이 방 저 방을 휘적휘적 돌며 중화척을 찾아다녔다. 진주도 그를 따라 유물들을 건성건성 보며 돌아다녔다. 가끔 눈에 띄는 화려한 유물 앞을 지날 때면 발이 절로 멈추기도 했다. 그런데 전시실을 다 둘러보았지만 중화척은 보이지 않았다. 왔던 길을 거슬러 돌며 찬찬히 찾아보았으나 역시 중화척은 없었다. 진주가 한 유물을 가리키며 말했다.

"저 자밖에 없는데요?"

"저건 유척이야."

진주가 유물 앞의 안내판을 보았다. '진유척'이라고 적혀 있다.

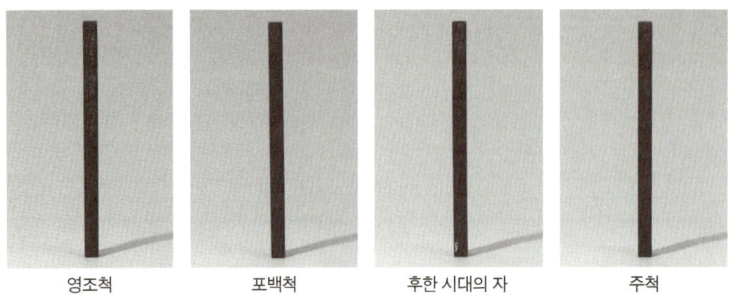

| 영조척 | 포백척 | 후한 시대의 자 | 주척 |

진유척

조선 시대에 사용했던 사각기둥 모양의 자. 네 면에 각각 다른 자가 새겨져 있다. 18세기에 만들어진 것으로 추정되며 길이는 31센티미터이다. 각 면에는 공사 등에 사용하는 영조척, 옷감을 잴 때 쓰는 포백척, 중국의 후한 시대에 만들어진 자, 관공서 업무에 사용하는 주척이 새겨져 있다. 장례식이나 결혼식에서 사용하는 예기척 등을 새겨 놓은 유척도 있다. 국립중앙박물관 소장.

"아까 암행어사한테 자를 줬다고 했지? 이게 바로 그 자야. 놋쇠로 만든 건데 관청의 표준 자였고 토지를 재거나 공사를 할 때 사용했어. 시신을 검시할 때도 썼지. 새로 부임하는 지방 관리에게는 임명장과 함께 이 유척을 주었다고 해."

"오, 암행어사에게 준 게 이 자라고요?"

진주는 유척을 자세히 살펴보았다. 기다랗고 두툼한 사각기둥 모양의 자였다. 왜 암행어사에게 이런 자를 주었는지는 아직도 이해되지 않았다.

"유척은 그만 보고 나가자. 중화척부터 알아봐야겠어."

윤기는 점퍼 주머니에서 휴대 전화를 꺼내며 전시실 밖으로 나갔다. 그리고 로비 의자에 앉아서 누군가와 통화를 했다.

"어, 나야. 몇 시쯤 돌아와? 못 들어온다고? 그럼 여기 있던 중화척 말이야. 응, 정조 어제척. 그거 1층에 있지 않았어?"

진주는 윤기 옆에 잠자코 앉아 있었다. 통화를 마친 윤기가 혼잣말로 중얼거렸다.

"중화척이 없다……?"

"없대요? 그럼 어디 있어요?"

"모른다고 하네. 감쪽같이 사라졌대."

친구는 지난달에 전시실을 개편하면서 중화척이 유실된 것 같다고 했다. 우형의 수첩에는 왜 사라진 중화척의 시가 적혀 있을까. 게다가 수첩을 왜 가압장에 숨겨 놓았을까. 윤기는 수첩 사이에서 반으로 접힌 종이 한 장을 꺼냈다. 진주가 물었다.

"수첩에 그런 것도 있었어요?"

"내가 중화척 시를 해석해서 끼워 넣은 거야."

"무슨 내용인데요?"

"여기 첫 문장은 반척중화절, 중화절에 자를 내려 주어라. 그다음은……."

윤기가 한 문장씩 손가락으로 짚으며 시를 해설했다.

頒尺中和節(반척중화절)　　중화절에 자를 내려 주어라
紅泥下九重(홍니하구중)　　조서가 궁궐로부터 내려가네
拱星依紫極(공성의자극)　　북두를 향하고 대궐을 의지하라

累黍叶黃鐘(누서협황종)　　　기장을 포개어 황종률을 맞추네

漢帝提三日(한제제삼일)　　　한고조가 삼척검을 들던 날이요

陳君臥百容(진군와백용)　　　진군이 백척루에 누운 모습이로다

裁來伍色線(재래오색선)　　　경들이 오색의 실을 재어다가

許爾補山龍(허이보산룡)　　　내 곤룡포를 깁도록 허락하노라

도량형

옛날에는 어떻게 길이를 재고 무게를 달았을까? 그때도 지금의 자나 저울 같은 도구가 있었을까? 물론 그런 것 없이도 길이나 무게를 잴 수는 있어. 지금도 자나 저울이 없을 때는 한 뼘씩 길이를 재거나 한 줌씩 양을 가늠하기도 하지? 또 두 팔을 벌려 '아름'으로 둘레를 재기도 하고, 걸음으로 거리를 헤아릴 수도 있어.

이처럼 우리 몸을 이용해서 단위를 정하는 것은 인류가 오랜 옛날부터 써 왔던 방법이야. 고대 이집트의 단위 '큐빗(cubit)'은 팔꿈치부터 손끝까지의 길이로 정했고, 영국의 '피트(feet)'는 발 길이, '인치(inch)'는 엄지손가락 첫 번째 마디의 폭으로 정했지. 지금도 많이 사용하고 있는 '야드(yard)'는 1100년경의 영국 왕이었던 헨리 1세의 팔 길이가 기준이었어. 헨리 1세가 "내 팔을 앞으로 쭉 뻗었을 때 코끝에서 손끝까지의 길이를 1야드로 한다."라고 했대.

우리나라에서 쓰던 단위에 대해서도 알아볼까? 길이의 단위 중에 '자'가 있어. 시대에 따라 길이가 조금씩 달라졌는데 지금은 '한 자'의 길이가 30.303센티미터야. 자와 함께 '필', '치'도 모두 길이를 나타내는 단위인데 열 치를 한 자, 마흔 자를 한 필이라고 했어. '열두 자 장롱', '비단 한 필', '세 치 혀'라는 표현을 들어 봤을 거야. 모두

'자'와 관련 있는 말이지.

신체를 이용해 정한 단위들과는 다르게, 자는 피리를 이용해서 정했어. 좀 의아하지? 하지만 피리를 기준으로 삼는 것은 아주 과학적인 방법이야. 피리는 미세한 길이 차이에도 소리가 달라지기 때문에 정밀하게 만들어졌거든. '황종관'이라는 피리를 이용했는데, 참고로 황종관은 동양 고유의 기본 음률인 12음률 중 가장 낮은 황종 음을 내는 피리야.

기장 씨알 아흔 톨을 한 줄로 늘어놓고 그 길이를 황종관의 길이로 삼았어. 그리고 황종관의 길이를 0.9자로 정했지. 기장의 크기에 따라 피리의 길이도 달라질 테니 기장을 선택하는 것도 중요한 일이었겠지? 그래서 세종 대왕은 온 나라에 최고로 이상적인 기장 씨알을 찾으라는 지시를 내렸다고 해.

부피와 무게의 단위도 황종관으로 정했어. 황종관에 기장을 가득 채우면 1200톨이 들어가는데, 두 번 채운 양을 1홉으로 하여 부피의 단위로 삼았지. 10홉은 1되, 10되는 1말이라고 했고, 기장 1홉의 무게

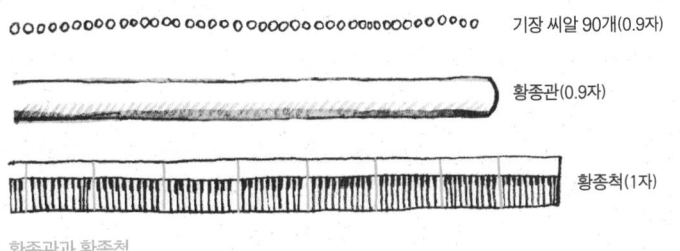

기장 씨알 90개(0.9자)

황종관(0.9자)

황종척(1자)

황종관과 황종척

를 1냥, 16냥을 1근으로 했어. 이런 단위들은 불과 얼마 전까지도 사용했으니까 아마 들어 봤을 거야.

이처럼 우리나라에서는 오래전부터 도량형 제도를 잘 정비하고, 여기에 맞는 표준 기구만 사용하도록 나라에서 정했어. 이를 어기는 사람에게는 큰 벌을 내렸지. 하지만 오늘날에는 미터법을 쓰도록 엄격하게 정하고 있어. 그동안 써 왔던 '자', '되', '근', '평' 같은 단위는 사용을 금지하고 있지.

지금 우리가 쓰는 미터는 1791년에 프랑스에서 만들어졌어. 프랑스 혁명 후에 수많은 단위가 어지럽게 쓰이자, 의회에서 도량형을 정비하고 단위를 통일하기 위해 새로이 '미터법'을 만들었지. 파리를 지나는 자오선˚ 길이의 4천만분의 1을 1미터로 정했어. 그리고 미터를 표시하는 기준이 되는 기구인 원기는 온도에 따른 부피 변화가 가장 적은 백금과 이리듐의 합금을 이용해 만들었지. 부피와 무게의 단위도 미터법으로 정했는데, 한 변이 1센티미터인 정육면체에 들어가는 물의 부피와 무게를 1밀리리터, 1그램이라고 한 거야. 그리고 1875년에는 세계 각국 대표들이 이 미터법을 따르자며 '미터 조약'을 체결했어. 우리나라도 1959년에 회원국이 되었고, 1964년부터 미터법만을 사용하도록 법률로 정했지.

● 자오선 지구의 남극과 북극을 최단 거리로 연결하는 지표 상의 가상선. 경도를 표시할 때 사용된다.

1983년에는 금속보다 변화가 적은 빛의 파장으로 미터를 다시 정하기도 했어. 진공 상태에서 빛이 2억 9979만 2458분의 1초 동안 나아간 길이를 1미터로 정했지. 왜 미터의 기준을 이렇게까지 정밀하게 따지는 걸까? 일상생활에서는 별 차이가 없어도, 비행기나 우주선의 경우에는 작은 오차 때문에 엄청난 차이가 생겨서 엉뚱한 곳에 도달할 수 있기 때문이야. 실제로 1998년에 화성 탐사선이 갑자기 실종된 일이 있었는데, 단위를 잘못 계산해서 입력하는 바람에 너무 낮은 고도로 비행하다가 화성의 대기권에 부딪혀 파괴됐던 것이었어. 도량형을 잘못 사용해 많은 손실을 입은 대표적인 사례이지. 도량형이 얼마나 중요한지 알겠지?

2부

추사를 만나다

추사의 별장, 비밀스러운 행적

　박물관 구내식당에서 점심을 먹고 나왔다. 윤기는 밥을 먹으면서도 우형의 일이 내내 신경 쓰였다. 둘은 어릴 때 한동네에 살며 매일같이 어울려 다녔다. 중학교 때 우형이네가 다른 지방으로 이사하면서 헤어졌지만 우연히 같은 대학에 입학했고, 다시 예전처럼 절친한 사이가 되었다. 하지만 졸업 후에는 입대와 취직이 엇갈리며 서로 가끔 안부만 묻고 지냈다. 최근에 우형이 국립중앙박물관으로 발령받았다는 말을 듣고 한번 만나려던 참이었는데, 갑자기 이런 일이 일어난 것이다. 윤기는 이런저런 일들을 생각하다가 문득 진주를 돌아보았다.

　"참, 너 집에 가야지."

“이제야 제가 보이시나 봐요.”

윤기의 눈치를 살피며 잠자코 따라오던 진주가 생긋 웃었다.

“미안, 뭘 좀 생각하느라고. 그나저나 너 집에 혼자 갈 수 있니? 나는 갈 데가 있는데.”

“어딘데요?”

“과천, 너 전철역에 내려 줄 테니…….”

“과천 어디 가시는데요?”

“너, 과지초당(瓜地草堂) 가 봤니?”

“아니요, 어떤 곳이에요?”

“추사는 알지?”

“추사 김정희요?”

“그래, 과지초당은 추사의 별장이야.”

“그런 데라면 저도 갈래요.”

“그럴래? 시간 너무 뺏는 거 아냐?”

“괜찮아요. 딱히 할 일도 없는걸요.”

진주는 윤기의 차에 올랐다. 주차장을 빠져나와 도로를 달리기 시작하자 진주가 물었다.

“과지초당이라는 게, 과천(果川)에 있는 집이라는 뜻인가요?”

“아니, 뜻은 달라. 과지초당의 ‘과(瓜)’는 오이나 참외를 뜻하는 글자거든. 아마도 초당 근처에 그런 밭이 있었나 봐.”

“거기는 왜 가시는 거예요?”

"응, 좀 둘러볼 일이 있어서……."

마지막으로 출근한 날, 우형이 과지초당에 가 보겠다는 얘기를 했다고 아까 통화한 친구가 알려 주었다. 윤기는 대학 시절에 우형을 따라 과지초당에 갔던 일이 있다. 그때 우형은 윤기에게 추사에 대한 이런저런 얘기를 들려주었다. 그 시절부터 우형은 유독 추사에 관심이 많았다.

별일은 아닐 것이라 생각하지만 우형이 마지막으로 들렀을지도 모르는 곳이라니 안 가 볼 수가 없었다.

"그런데 임금이 신하들에게 자를 준 거요, 왜 그런 거예요? 지방 관료나 암행어사한테도 줬다면서요."

진주의 질문 덕분에 윤기는 우형에 대한 생각에서 깨어났다.

"참, 그 얘기를 못 끝냈지. 올바른 자는 바로 나라의 잣대이기 때문이야."

"나라의 잣대요?"

"자는 도량형의 가장 기본이야. 그리고 도량형이 올발라야 나라가 바로 서고 사회가 안정되었거든. 자를 내렸던 데는 올바른 도량형으로 사회를 안정되게 하려는 뜻이 숨어 있는 셈이야."

"도량형이 뭔데요? 어떻게 그런 역할을 해요?"

"도(度)는 길이를, 량(量)은 부피, 형(衡)은 무게를 뜻하는 한 자거든. 그러니까 도량형 제도는 지금 쓰는 미터, 리터, 킬로그램 같은 단위의 기준을 정하는 거야. 만약 자나 저울이 부정확하고,

쓰는 곳이나 사람마다 제각각이면 얼마나 혼란스럽겠니?”

“그렇구나, 시장에서 사람들이 싸울 것 같긴 해요.”

진주가 고개를 끄덕였다. 윤기가 차창 밖을 보았다.

“차가 꼼짝도 안 하네.”

고개를 넘지 못한 자동차들이 잔뜩 밀려 있었다. 윤기는 이야기를 계속했다.

“조선 말의 기록을 보면 집집마다 자가 다르고 마을마다 되가 달랐다는 내용이 있어. 결국 사회는 큰 혼란에 빠지고 나라의 기초도 무너지기 시작했지.”

“요즘 같아서는 상상도 안 되네요. 건물도 짓고 다리도 놓아야 될 텐데.”

“맞아, 그래서 옛날에는 나라를 세우면 도량형부터 정비했어. 세종 대왕도 즉위하자마자 도량형을 정비하기 위해 많은 노력을 기울였지. 음, 중화척의 시에도 도량형에 대한 내용이 있는데…….
네 번째 구절에 ‘기장을 포개어 황종률을 맞추네’라고 나오지?”

“네 번째요?”

진주는 아까 챙겨 둔, 윤기의 시 해석이 적힌 종이를 꺼냈다. 네 번째 구절을 손가락으로 짚으며 물었다.

“샘, 기장이라면 곡식 아니에요?”

“맞아, 도량형을 정할 때 곡식을 사용한 거야. 기장 아흔 톨을 한 줄로 늘어놓고 그것과 길이가 같은 황종관이라는 피리를 만들었거든. 그 피리를 이용해서 황종척이라는 자를 만들었지."

"아, 그래서 '기장을 포개어 황종률을 맞추네'라고 썼군요. 기장이 그렇게 중요한 곡식인 줄은 몰랐네요."

"심지어 세종 대왕은 온 나라에 최고로 이상적인 기장 알갱이를 찾으라고 했어. 박연이 해주에서 수확한 기장을 가지고 황종관을 만들어 임금 앞에서 불어 보기도 했는걸."

"그런데 왜 하필 피리로 자를 만든 거예요?"

"피리는 미세한 길이 차이에도 소리가 달라지는 아주 예민한 악기이거든. 정밀하게 만든 피리를 이용하면 그만큼 자도 정밀해지는 거야. 이렇게 세종 때 만들어진 도량형은 1900년대에 새로운 도량형이 나올 때까지 거의 오백 년 동안이나 사용되었어."

"정밀하게 만든 자를 온 나라에서 똑같이 사용해야 나라가 안정된다는 거죠. 그래서 지방 관료들이 부임할 때 자를 내린 거고요."

"그렇지. 암행어사에게 자를 준 것도 마찬가지야. 백성들이 소작료나 세금을 낼 때 또는 장사를 할 때 억울한 일이 없게끔 올바른 잣대로 잘 살피라는 뜻이지."

"이제 알겠어요. 정조 임금이 왜 신하에게 자를 내렸는지요."

진주가 고개를 끄덕였다. 마침 고개를 넘어 정체가 풀리기 시작했다. 청계산 쪽으로 난 좁고 굽은 도로에 들어서서 야트막한 산자락을 끼고 달렸다. 개발 때문에 버려진 밭과 비닐하우스가 보였고, 길가에는 새로 지은 건물들이 드문드문 들어서 있었다.

"이 근처일 텐데?"

윤기는 고개를 내밀고 주위를 살폈다. 추사박물관 건립을 알리는 현수막이 보였고 공사 가림막이 쳐져 있었다.

"어쩐지. 원래 길에서 초당이 보였는데, 이렇게 가려 놨으니 안 보이지."

윤기는 차에서 내려 공사장을 기웃거렸다. 문이 조금 열려 있어 둘은 안으로 성큼 들어갔다. 오른편에 기초 공사만 해 놓은 구조물이 보였고 그 앞에는 공사 자재가 어지러이 쌓여 있었다. 왼편 구석진 곳에 기와집 한 채가 보였다.

"저 집이 초당이야."

초당 대문에는 자물쇠가 걸려 있지만 잠겨 있지는 않았다. 대문을 밀자 끼익 소리가 나며 열렸다. 사랑채 대청마루가 널찍한, 도리 네 개를 얹어서 지은 네 칸짜리 기와집이었다. 추사가 생의 마지막을 보낸 곳은 조촐하고 아담했다. 집을 한 바퀴 둘러보고 윤기가 중얼거렸다.

"우물이 있었는데? 참, 대문 밖이었나."

대문 밖으로 나가자 한쪽에 돌을 깔아 만든 사각형 단이 보였다. 단 위에는 시멘트 포대들이 아무렇게나 쌓여 있고, 그 사이에 먼지를 뒤집어쓴 항아리가 비스듬히 박혀 있었다. 옆의 안내판을 보니 옹정이라고 불리는 우물이다.

"흥, 추사박물관을 짓는다며 정작 초당은 먼지를 뒤집어쓰게 하

과지초당

추사 김정희의 아버지가 마련한 별장이다. 추사는 유배에서 풀려난 후 4년 동안 이곳에서 지냈다.

옹정

독우물이라고도 하며, 밑바닥을 없앤 독을 묻어서 만든 우물이다.

고 있으니…….”

윤기가 핀잔하며 시멘트 포대를 발로 찼다. 그때 아무도 없는 줄 알았던 초소에서 담배를 문 직원이 나왔다.

“거기서 지금 뭐 하는 거요? 여기 들어오면 안 돼요.”

“초당하고 옹정을 이렇게 관리하면 어떡합니까?”

“옹정은 무슨. 다 깨져서 아무 항아리나 갖다 놓은 건데.”

“깨졌다고요?”

“원래 있던 항아리는 깨졌고, 우물 바닥까지 다 파헤쳐져서 급한 대로 대충 보수한 거요.”

남자 직원이 담배를 발로 비벼 끄며 말했다. 윤기가 미간을 찌푸리며 물었다.

“언제 그런 일이 있었어요?”

“한 달쯤 됐나. 초당하고 옹정하고 온통 난리를 피워 놨더라고.”

“누가 그런 짓을 했는데요?”

“그야 모르지, 어떤 미친놈이 그랬는지. 근데 무슨 일입니까?”

“혹시 며칠 전에 박물관 직원이 안 왔나요?”

“글쎄, 올해 공사는 마감해서 직원들도 안 나오는데. 그런데 누구시냐니까?”

직원이 따져 묻자 윤기는 슬그머니 공사장을 나왔다. 그는 자동차 문을 열며 중얼거렸다.

“옹정을 깨고 초당까지 들쑤셔 놓았다…….”

"누가요?"

"내가 묻고 싶은 말이다. 그걸 모르니."

자동차는 꽉 막힌 고개를 또다시 넘었다. 윤기는 운전대를 잡은 채 생각에 잠겼다. 우형이 과지초당에 다녀가기는 한 걸까. 한 달 전이라면 마침 중앙박물관에서 중화척이 없어진 시기와 비슷했다. 우형 또한 그즈음에 국립중앙박물관으로 발령받아 서울로 올라왔다.

"갈 때 올 때 다 막히네요. 그런데 과지초당, 대단할 줄 알았는데 별로 볼 게 없어요."

"초당은 별장이니까."

진주는 학교에서 역사 답사로 가 보았던 예산의 추사고택˙을 떠올렸다.

"추사고택은 생가, 과지초당은 추사가 말년에 산 곳 맞지요?"

"그래, 추사는 중죄인만 보낸다는 제주도와 함경도에서 귀양살이를 하다가 예순일곱에서야 자유로워졌어. 그 뒤로는 과천에서 살았지."

"집안 좋고 학문도 뛰어난데 유배되다니, 그게 다 세도 정치나 당파 싸움 때문이죠?"

● **추사고택** 충청남도 예산에 있는 추사 김정희가 태어난 집. 추사의 증조부인 월성위 김한신이 영조의 딸과 결혼하면서 하사받은 저택이다. 현재는 절반만 복원되어 있다.

"그렇기도 했지만, 추사의 성품 탓도 있을 거야."

"성격이 나쁘기라도 했어요?"

"하하하, 그런 건 아니야. 추사 스스로도 지무불언 언무부진(知無不言 言無不盡), 알면 말하지 않은 것이 없고 말하면 다하지 않은 것이 없다고 했어. 그 정도로 강직했던 데다 완벽주의자였거든. 그래서 매사에 시시비비를 확실하게 따져야 했고, 알면 말을 참지 않는 성미였지."

"그게 까칠한 사람이죠, 뭐. 싫어하는 사람도 많았겠네요."

"적이 많을 수밖에 없는 성격이지. 끝내 귀양도 갔으니까. 하지만 귀양살이하면서 추사에게도 관용이 생겼고, 그것이 추사의 예술을 높은 경지로 이끌어 주었거든. 유배 후 과천 시절에 그런 경지에 이르렀다고들 해."

윤기는 조선 시대 수학, 특히 수학에 조예가 깊었던 실학자들을 연구하면서 추사 김정희와 그의 제자들에 대해 공부했다. 그로 인해 자연히 추사의 인생과 학문에 대해서도 알게 되었고, 수백 년 전의 대학자에게서 깊은 인상을 받았다.

"어쨌든 추사가 생의 마지막까지 머물렀던 초당에는 많은 제자와 벗들이 드나들었어."

"적이 그렇게 많았는데 말년에는 그 반대였다니, 인생사 새옹마네요."

진주는 고모가 입버릇처럼 하던 말을 되뇌었다.

"뭐라고? 녀석, 참."

"아으, 종일 차를 탔더니 찌뿌둥하네요."

진주는 집이 가까워지자 두 팔을 쭉 뻗고 기지개를 켰다. 하루 종일 별 소득도 없이 차만 타고 다닌 기분이다. 큰길에서 골목으로 차를 몰던 윤기가 말했다.

"참, 우리 점심 안 먹었지. 배고프지 않니?"

"헐, 돈가스 먹었잖아요. 아까 박물관에서. 샘, 기억력에 문제 좀 있으신 거 같아요."

"오늘 너 때문에 말을 너무 했더니 배가 고프네."

"그게 왜 저 때문이에요. 샘 볼일만 보고선. 그렇게 배고프시면, 편의점에서 뭐라도 드시든지요."

윤기와 진주는 근처 편의점에서 허기를 달래기로 했다. 각자 컵라면을 하나씩 골랐다.

"그런데요, 샘 친구분이 수첩을 숨긴 거라면 무슨 비밀이 있지 않을까요?"

진주가 젓가락으로 라면을 저으며 말을 이었다.

"누군가한테 쫓겨서 감췄다거나, 뭐 그랬을지도 모르잖아요. 그래서 잠적을 했거나 아니면……."

진주는 자못 심각한 표정으로 윤기를 보았다.

"글쎄다. 근데 너 지금 탐정 같다."

"헤헤, 말은 이래도 별일 아닐 거예요."

진주가 해죽 웃었다. 아무렇지 않은 척해도 윤기 역시 의혹을 품고 있었다. 가압장에서 만나자는 것과 둘만 아는 장소에 수첩을 숨겨 놓은 것, 수첩에 적힌 중화척의 시, 그리고 사라진 중화척. 확실치 않지만 아마도 우형은 과지초당을 마지막으로 잠적해 버렸다. 아직 며칠밖에 되지 않기는 했다. 급한 사정이 생겨서 미처 연락을 못 하는 걸 테지. 윤기는 걱정을 떨쳐 버리기로 했다.

"샘, 추사와 중화척이 무슨 연관이 있나요?"

"으응?"

윤기는 라면을 후루룩 넘기며 진주를 보았다. 진주가 되물었다.

"갑자기 과지초당에 간 이유가 궁금해서요."

"그건…… 나도 뭐가 뭔지 잘 모르겠다."

사실 큰 기대나 의심을 품고 초당에 가 본 것은 아니었다. 우형의 행적을 더듬어 볼 뿐이었다. 우형은 지금 도대체 어디에 있을까? 정말 진주의 말대로 쫓기는 것일까? 윤기는 다시금 머리를 흔들었다. 걱정을 떨치려 했지만 머릿속에 의문이 끊이지 않았다. 가압장과 수첩. 어쩌면 우형은 무슨 메시지를 남긴 것이 아닐까. 하지만 최근 몇 년간 못 본 탓에 그의 사정에 대해서 아는 바가 없었다. 우형에게 피치 못할 사정이 있을 거라고 생각해 보려 해도 이상한 점이 너무 많았다.

"샘은 가압장 또 오실 거예요?"

"가끔 와 봐도 괜찮겠네. 어릴 적 생각도 나고."

"계속 혼자였는데 동지가 생겼네요."

"방해꾼은 아닌 거니? 그럼 우리 가압장 친구 할까?"

"그럴까요? 가압장 아지트 친구요."

"아지트? 무슨 비밀 집단 같다."

"그냥 갈 데가 없는 거죠, 뭐."

윤기는 국물까지 다 마시고 젓가락을 놓으며 말했다.

"가압장 친구, 잘 먹었다."

완벽한 수학 비례를 보다

드르륵, 탁. 가압장 문이 열렸다.

"어이, 가압장 친구."

나윤기가 진주에게 인사하며 가압장으로 들어섰다. 그는 의자에 털썩 앉더니 진주의 스케치북을 들여다보았다.

"가압장 그린 거네."

"예, 그냥 그려 봤어요."

진주는 검정 펜으로 시멘트 건물과 소나무 몇 그루를 그리고 있었다. 펜으로 그림을 그릴 때면 채색하지 않고도 형태와 질감이 잘 표현되어서 좋았다.

"이 나무들은 위치가 좀 다르다."

"뭐, 보고 그린 것도 아닌데요."

"하긴, 근데 그림이 꼭 추사가 그린「세한도」같네."

"에이, 무슨 과분한 말씀을……."

"자 봐. 여기 공터에 덩그러니 있는 가압장은「세한도」의 초가집 같고, 음……「세한도」의 집에도 창문이 있잖아. 네가 그린 가압장 문이 꼭 그 창 같네. 건물 옆에 그린 겨울나무들도 분위기가 비슷해."

「세한도」는 교과서에도 실려 있어서 진주도 어떤 그림인지 알고 있다. 초가집과 나무 몇 그루를 그린 담백한 그림의 옆에는 글도 적혀 있었다. 윤기가 다른 그림도 보여 달라고 해서 진주는 스케치북을 윤기에게 넘겨주었다.

"이 그림 정말 좋다. 여긴 어디니?"

"아빠 고향이에요."

예전에 찍은 사진을 보고 산과 들판, 농가를 그린 그림이었다.

"여기, 이쪽에 밤나무가 많아요. 가을에 가면 밤송이가 많이 떨어져 있어요."

진주는 손가락으로 그림 한쪽을 가리켰다. 스케치북을 넘기던 윤기가 입을 열었다.

"흠, 네 그림은 전부 세한의 계절이 느껴진다. 스산한 게 완전히 세한이야."

"그래요? 요즘 계절이 그러니까요. 12월 말이라서, 추위가 그림에도 들어갔나 봐요. 그런데 세한이 한겨울 맞죠?"

"응, 맞아. 설 전후의 한겨울을 말하는 거야. 하지만 추사의 「세한도」를 보면 반대로 참 따뜻해지지 않니?"

"맞아요, 그런 것 같아요."

"「세한도」를 그릴 때 추사의 마음이 그랬을 거야. 귀한 책을 구해 준 제자의 정성에 고마움을 전하는 그림이었으니까."

"직접 보셨어요?"

"한 번, 국립중앙박물관에서 봤는데 특별한 때만 전시하더라고."

"그럼 진품은 보기 힘들겠네요."

진주가 아쉬운 듯 입술을 삐죽 내밀었다. 윤기는 스케치북을 진주에게 주며 물었다.

"여기 매일 오니?"

"요즘은요. 방학이라서요."

"학원은 안 다녀? 공부는 안 하고 맨날 그림만 그려도 괜찮아?"

진주는 스케치북을 펼치며 한숨을 쉬었다.

"후유, 기말고사도 망쳤어요. 근데 학원은 별로예요."

"진주는 그림에 소질 있는 거 같은데."

"좋아하기는 하는데 소질이 있는지는 모르겠어요."

"아냐, 분명히 소질이 있으니까 잘 생각해 봐."

"말씀만이라도 감사하네요."

진주는 그리다 만 그림을 손질하면서 물었다.

"참, 친구분 소식은 아셨어요?"

"아니……."

"그래요……?"

진주는 윤기의 심각한 표정을 보고 입을 다물었다. 윤기는 생각에 잠겼다. 어제 우형의 실종 신고를 했다고 친구에게서 연락이 왔다. 우형의 부모님이 지방에서 올라오셔서 함께 경찰서에 갔다는 것이다. 몇 시간 뒤에는 경찰이 윤기에게 전화해서 우형을 만났는지 캐물었다. 진주가 그리는 그림을 물끄러미 보던 윤기가 문득 물었다.

"너 「세한도」 보고 싶니?"

"예, 보고 싶죠."

"복제한 거라도 볼래? 똑같은데."

"복제품요? 샘한테 그런 것도 있어요?"

진주가 펜을 멈추고 윤기를 보았다.

"가져올게. 잠깐만 기다려."

가압장을 나선 윤기는 점퍼 깃을 올리며 골목으로 빠르게 걸어갔다. 한 달 전쯤, 우형이 갑작스레 서울로 발령받아 올라간다면서 윤기의 집으로 액자 하나를 택배로 부쳤다. 우형은 나중에 거처를 구하면 찾아가겠다고 했지만 여태껏 액자를 가져가지 않았다. 윤기도 베란다에 둔 채 잊고 지냈다. 어제 실종 신고 얘기를 듣고 나서야 우형이 맡긴 액자가 무엇이었는지 살펴봐야겠다는 생각이 들었다. 그런데 그것이 놀랍게도 「세한도」 복제품이었다.

윤기는 이윽고 액자를 들고 가압장으로 돌아왔다. 액자를 벽에 기대어 세우자, 진주는 두 손을 마주 잡고 감탄했다.

"우와, 이거 실제랑 똑같은 거예요?"

"그럴 거야. 진품하고 똑같이 만든 거니까. 1939년 복제품이야."

"와, 이것도 오래된 거네요."

"당시에 「세한도」를 소장했던 일본인 후지쓰카 지카시•가 만든 복제품 백 점 가운데 하나야."

"'세한도'라는 글씨도 참 멋있어요. 역시 추사체는 대단해요."

"제목의 '세한(歲寒)'은 『논어』에서 따온 말이야. '날씨가 추워진 후에야 소나무 잣나무가 늦게 시듦을 안다(歲寒然後知松柏之後凋也).'라는 구절이 『논어』에 있거든. 원래는 변치 않는 선비의 지조와 절개를 빗댄 말인데, 추사는 외로운 귀양살이에서도 변함없는 제자에게 비유했어."

"우정과 관련한 그림인 줄은 몰랐어요."

"여기 맨 앞에 도장이 찍혀 있지? '장무상망(長毋相忘)', 서로 잊지 말자는 뜻인데 이것도 우정에 얽힌 말이야."

● **후지쓰카 지카시** 일본의 동양철학자. 1926년 경성제국대학 교수로 서울에 건너왔다. 조선 북학파와 추사 연구에 몰두하여 추사가 여러 학문에서 당대 일인자였다고 평가했다.

"제목 옆에는 뭐라고 쓴 거예요?"

"'우선시상(藕船是賞)'인데 우선에게 이것을 준다는 뜻이야. 우선은 김정희의 제자인 이상적의 호인데, 여기 그림 왼편의 글에 사연이 적혀 있어."

윤기가 그림 왼쪽의 발문*을 가리켰다.

"어떤 사연인데요?"

"추사가 귀양살이하는 동안 이상적은 중국에서 어렵게 구한 책들을 보내 주었대. 특히 어느 해에는 무려 백이십 권이나 보내 줄 정도였지. 감격한 추사가 사제의 의리를 변함없이 지키는 이상적의 마음을 한겨울에도 시들지 않는 소나무와 잣나무에 비유해서 이 그림을 그린 거야."

진주는 고개를 끄덕이며 액자를 바라보았다. 그림에서 유배 생활의 외로움이 느껴졌다. 진주가 천천히 입을 열었다.

"이 그림은 워낙 유명한 것이지만……. 이렇게 직접 보니까 눈을 뗄 수가 없어요. 그림이 마음속에 쏙 들어와 앉는 기분이에요."

윤기도 고개를 끄덕였다. 역시 당대 최고 명필의 그림과 글씨이며, 문인화*의 최고봉으로 손꼽힐 만하다. 간결한 그림에서 높은

● 발문 책이나 그림의 끝에 대강의 내용이나 제작 경위에 관한 사항을 간략하게 적은 글.

● 문인화 전문적인 직업 화가가 아닌 시인, 학자 등이 취미로 그린 그림.

격조와 세련된 아름다움이 느껴졌다. 발문 또한 아름답고 강인한 필체다. 과연 서화 일치*의 최고를 보여 주었다.

"사실 어제 과지초당이 추사고택보다 시시하다고 했지만요, 왠지 마음에는 더 남았어요. 추사가 대저택이 아닌 작은 별장에 머물렀던 이유를 알 것도 같아요."

"네가 추사의 마음까지 헤아리는구나."

윤기가 흐뭇하게 웃으며 말했다. 진주는 그림 속으로 들어가 보았다. 초가집 동그란 창 안을 들여다보고 황량한 겨울 땅을 자박자박 걸어 보기도 했다. 가만히 눈으로 그림을 따라가다 어느새 마음속으로 그림을 그렸다. 마른 붓으로 그린 선 하나하나를 조심스럽게 따라가며 마음에 새기듯이 그렸다.

"「세한도」가 정말 좋은가 보구나."

윤기는 그림에서 눈을 떼지 못하는 진주를 조용히 지켜보았다.

"그림을 그린 곳에 꼭 가 보고 싶어요. 여기가 제주도 유배지죠?"

"사실 유배지를 그린 것은 아니야."

"그럼 어디를 그린 거예요?"

"추사가 상상한 풍경을 그렸겠지. 네가 가압장 풍경을 마음속으로 상상하며 그린 것처럼."

● 서화 일치 중국 당나라에서 시작된 말로, 글씨와 그림은 기원이 같고 본질적으로 동일하다는 뜻이다.

진주는 고개를 끄덕였다. 그리고 한 걸음 물러나며 말했다.

"참 대단해요. 나무 네 그루에 초가집밖에 없는데 어떻게 이렇게 사람 마음을 흔들까요."

"진주는 예술을 마음으로 느낄 줄 아나 보구나."

윤기의 칭찬에 진주가 쑥스러워하며 말했다.

"이 그림이 워낙 대단한 거죠. 어쩌면 이렇게 아름다운지."

"사실 「세한도」에 대단한 점이 또 있는데……, 이 그림에는 수학이 숨겨져 있어."

윤기가 꺼낸 수학이라는 말에 진주가 질겁하며 말했다.

"누가 수학 선생님 아니랄까 봐 감동에 찬물을 끼얹으시는 거예요?"

"들어 보면 생각이 달라질걸?"

"별로 그럴 것 같지는 않지만 들어는 볼게요."

"잘 들어 봐. 「세한도」는 치밀하게 수학적 구도를 계산한 작품이야. 먼저 그림과 글의 위치를 맞추었지."

윤기가 액자 옆으로 가 손을 뻗어 가리키며 말했다.

"발문의 위쪽은 그림 제목 옆의 낙관과 같게 하고, 아래쪽은 그림의 지면 높이와 맞추었어. 그리고 아래 인장들도 동일 선상에 오도록 맞춰 찍었지."

"그러니까 글의 위치를 그림과 낙관에 맞추었다는 거죠?"

"그렇지. 자, 이제부터가 진짜 중요해. 발문 오른쪽의 낙관에서

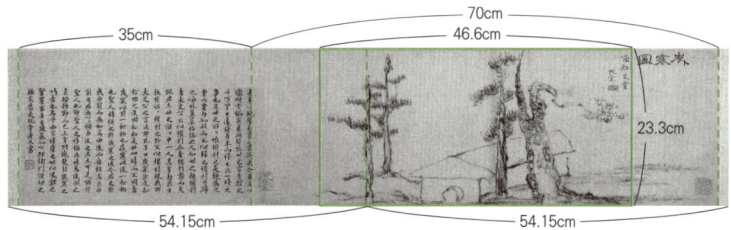

「세한도」의 수학 비례

추사는 가로 108.3센티미터, 세로 23.3센티미터인 「세한도」를 그릴 때 낙관의 위치 등을 정확히 맞추었고,
발문과 그림의 비율 등도 수학적으로 철저히 계산해서 그렸다.

부터 오른쪽 끝까지의 가로는 70센티미터, 그리고 발문의 가로는
35센티미터야.”

“아, 그럼 글과 그림의 비율이 1대 2가 되네요.”

“맞아, 그리고 여기를 봐. 맨 왼쪽 잣나무의 위치. 이 잣나무는
그림과 글을 합친 전체 가로 길이인 108.3센티미터를 정확하게 반
으로 나누는 위치에 있어.”

윤기가 손바닥을 세워 그림에 갖다 대자, 진주가 놀란 표정으로
고개를 끄덕였다.

“와, 그렇구나. 여태 전혀 몰랐어요.”

“다시 그림 부분만 볼까? 그림 가운데에 곧게 선 소나무 있지?
이 소나무는 정확하게 그림의 한가운데에 위치하고 있어.”

“그림을 절반으로 나누는 선인 셈이네요?”

“맞아, 또 다른 관점으로 볼 수도 있어. 제목을 제외한 순수한 그
림은 왼쪽 잣나무 가지 끝부터 오른쪽 소나무 가지 끝까지가 되겠

지?"

"그렇죠."

진주는 얘기를 재촉하듯이 윤기를 바라보았다.

"잣나무 끝에서 소나무 끝까지, 실질적인 그림의 가로는 46.6센티미터로 정확하게 세로 길이 23.3센티미터의 두 배야."

"이번에도 비례가 1대 2네요. 추사는 엄청 치밀했나 봐요."

"더 대단한 것도 있어. 그림 전체의 가로는 70센티미터, 실질적인 그림의 가로는 46.6센티미터라고 했지? 그러면 실질적인 그림 좌우의 여백은 가로가 23.4센티미터인데, 이는 그림의 세로와 거의 같아."

"그런 것까지 계산했다고요? 진짜 꼼꼼했네요."

진주가 다시금 감탄했다. 윤기가 더욱 흥을 내며 말했다.

"어때, 「세한도」의 아름다움이 수학적인 구도에서 나온 거라는 생각이 들지 않니?"

"그러네요. 추사는 수학을 잘했나 봐요."

"이게 다가 아니야. 놀라운 수학이 또 있거든. 자, 여기 그림의 중심축이 되는……."

신 나서 얘기하려던 윤기가 갑자기 말을 멈추고 문을 바라보았다. 진주도 돌아보았다. 반쯤 열어 놓은 문틈으로 누군가 안을 기웃거리고 있었다. 진주와 윤기가 자신을 보자 남자는 가압장 안으로 들어왔다.

"여기가 수도 가압장이라는 데죠?"

"……."

"혹시 나윤기 씨 맞으세요?"

"그런데요……."

"어제 전화한 조 형사입니다."

"아, 예."

"장우형 씨와 가압장에서 만날 약속을 하셨다고 했죠? 이런 곳이군요."

조 형사는 윤기에게 말을 건네면서도 눈으로는 가압장을 훑었다. 윤기가 물었다.

"우형이는 어떻게 됐나요? 찾았나요?"

"글쎄요, 아직은. 이런 경우는 시일이 지나 봐야 알 수 있거든요. 실종인지 아니면 사적인 잠적인지. 뭐, 드러나는 게 있어야 수사도 본격적으로 하는 거고요."

"그럼 아직 수사를 안 하고 있다는 건가요? 박물관은요?"

"어제 가 봤는데 딱히 이상한 점은 없더군요. 오피스텔도 가 봤고요. 나윤기 씨가 말씀한 이곳도 그렇고, 탐문 수사는 이 정도죠. 현재로서는 별다른 단서도 없으니 수사 진행은 좀……."

"집이나 사무실에 메모 같은 게……."

"아, 말씀드렸듯이 그런 건 본격적으로 수사할 때나 보죠. 현장에서 사건의 단서가 나온다거나 그러면요. 실종 신고마다 무작정

66

다 뒤져 볼 순 없는 노릇이니까요."

조 형사는 건성건성 말하면서 눈길을 진주 쪽으로 돌렸다. 예리한 눈빛이었다.

"제가 가르치는 학생이에요."

조 형사의 눈길을 눈치챈 윤기가 먼저 말했다.

"아, 수학 선생님이라고 하셨죠. 그런데 이 액자는 뭡니까?"

"그게……."

윤기는 망설여졌다. 우형의 상황도 제대로 모르는데 섣불리 우형이 맡긴 물건에 대해 말하고 싶지 않았다. 수첩도 마찬가지였다. 정말로 우형이 숨겨 놓았다면 무슨 까닭이 있을 터이다. 형사에게 말했다가 오히려 우형이 난처해질지도 몰랐다. 게다가 딱히 의욕도 없어 보이는 형사에게는 더욱 말하고 싶지 않았다.

"얘가 물어볼 게 있다고 했어요. 진주야, 오늘은 이만하자. 액자 가지고 집에 가."

윤기는 액자를 번쩍 들어 진주에게 건넸다. 진주가 얼떨떨한 표정으로 액자를 받았다. 조 형사가 액자를 만지며 유심히 보았다.

"허, 이거 유명한 그림인 거 같은데. 진짜는 아니겠죠?"

"그럼요."

윤기는 짧게 대답하고는 진주에게 눈짓했다. 진주가 액자를 들고 가압장 문을 나서려는데 조 형사가 진주를 불러 세웠다.

"학생, 여기 자주 오나 봐? 아침 일찍부터 오던데."

갑작스러운 질문에 진주가 조 형사를 돌아보았다. 비좁은 가압장 안에 세 사람이 서 있고 커다란 액자까지 들어와 있어 답답했다. 조 형사의 예리한 눈빛과 마주치자 진주는 숨이 콱 막히는 듯했다.

"학생 이름이 어떻게 돼?"

"은진준데요."

"은진주 학생, 혹시 여기서 수상한 사람이라든가 뭐 별다른 거 본 적 없나?"

　진주가 나윤기를 흘깃 보고는 고개를 저었다. 윤기가 조 형사에게 말했다.

"애한테 뭘 물어보세요? 여기는 저도 말씀드렸지만……."

"뭐 생각나는 거 있으면 나한테 연락할래?"

　형사가 진주에게 명함을 한 장 내밀었다. 진주는 머뭇머뭇하면서 명함을 받았다.

"그만 가라."

　윤기가 손짓했다. 진주는 길쭉한 액자를 두 손으로 받쳐 들고서 가압장을 나와 걸었다. 형사가 자신이 가압장에 들어가는 모습부터 내내 지켜보고 있었다고 생각하자 어쩐지 기분이 좋지 않았다. 잘못한 것도 없는데 취조당한 기분이다. 액자를 길에 세워 두고 명함을 꺼내 보았다. 용산경찰서 실종수사팀 조상호. 명함을 다시 주머니에 넣고서 액자를 들며 중얼거렸다.

"그런데 이걸 왜, 나한테 주지?"

갑자기 액자를 가져가라고 했던 윤기도 이해되지 않았다. 처음부터 자기에게 주려고 가져왔던 것일까. 진주는 고개를 갸우뚱하며 집으로 돌아갔다.

추사 김정희와 「세한도」

추사 김정희는 정조 때인 1786년 충청도 예산에서 태어났어. 당시 내로라하는 세도가이던 경주 김씨 집안의 후손으로, 일찍이 대과에 급제했어. 그리고 지체 높은 집안 배경과 출중한 실력 덕에 벼슬이 형조참판에 이르렀지.

증조부 김한신과 조부 김이주, 아버지 김노경까지 모두 당대의 명필가였는데, 그 영향 덕인지 불과 여섯 살에 '입춘대길'이라는 글씨를 써서 대문에 붙이기도 했대. 고사리손으로 쓴 글씨였어도, 당시 영의정이던 채제공이며 북학파의 거두 박제가 같은 사람들이 보고 탄복했을 정도라고 해.

추사는 후에 박제가를 스승으로 모시고 가르침을 받으며, 실학자들과 친분을 맺고 실사구시* 학문을 지향했어. 그리고 스물네 살에는 아버지를 따라갔던 청나라 수도 연경에서 옹방강, 완원 같은 당대 최고의 학자들을 만나 사제 관계를 맺고 학문적 교류를 넓혔지.

추사는 다방면의 학문에 통달했어. 금석학*을 비롯해 고증학, 경

● 실사구시 정확한 고증을 바탕으로 하는 과학적·객관적 학문 태도를 이르는 말. 중국 청나라에서 비롯되어 조선 시대 실학파의 학문에 큰 영향을 주었다.
● 금석학 금속과 석재에 새겨진 글을 통해 언어와 문자를 연구하는 학문.

학, 천문, 지리, 산술까지 익히고 나름의 체계를 수립했다고 해. 북한산 진흥왕 순수비를 찾아 고증해 낸 것도 추사야. 그뿐만 아니라 다양한 서체를 공부한 끝에 추사체라는 독자적인 서법을 이루었는데, 그 독특함과 놀라운 경지에 대해서는 오늘날에도 감탄을 금치 못하고 있지.

추사 김정희

추사의 집안은 헌종 때 정변에 휘말렸고, 그 또한 1840년 제주도에 유배되고 말았어. 그리고 팔 년이 넘는 세월 동안 외로이 귀양살이를 했지. 그런데 바로 그곳에서 추사 최고의 명작으로 손꼽히는「세한도」가 탄생한 거야.

1844년, 59세의 추사는 제주도 유배지에 많은 책을 구해다 준 제자 이상적에게 고마움을 전하며「세한도」를 그려 주었어. 발문을 보면 추사가 그림을 그리게 된 까닭과 그의 마음이 잘 나타나 있지.

그림을 받고 감격한 이상적은「세한도」를 연경에 가져가 많은 사람들에게 보여 주었어. 16명의 청나라 문장가들이 앞다투어「세한도」를 격찬하며 글을 써 주었는데, 그것들을 모아 그림 옆에 붙여 놓은「청유 십육가 제찬」의 길이는 무려 11미터를 넘을 정도였다고 해. 그 후에도 다른 명사들의 글이 이어 붙어서「세한도」는 14미터에 이르는 두루마리 형태가 되었어.

현재 국보 제180호로 지정되어 있는 「세한도」는 우여곡절 끝에 우리나라에 돌아왔어. 이상적 사후에는 그의 제자 김병선이 갖고 있었고, 여러 사람을 거쳐서 일제 강점기 때는 일본인 추사 연구가 후지쓰카 지카시에게 넘어갔지. 한데 1944년에 후지쓰카 지카시가 「세한도」를 들고 일본으로 돌아가 버린 거야. 이 사실을 알게 된 서예가 손재형은 일본까지 찾아가서 병석에 누워 있던 후지쓰카에게 「세한도」를 넘겨줄 수 없겠느냐며 간절히 설득했어. 처음에는 단칼에 거절했던 후지쓰카도 끝내 그 열정에 탄복해서 무상으로 「세한도」를 넘겨주었다고 해. 현재 「세한도」는 국립중앙박물관에서 위탁 보관 중이야.

마지막으로 「세한도」의 발문을 소개해 줄게. 끝까지 의리를 지켜 주는 제자에게 고마움을 전하는 글, 이 글을 보면서 예전 선비들의 절개와 의리를 되새겨 보면 좋을 거야.

「세한도」의 발문

그대가 지난해에는『만학』과『대운』두 책을 보내 주더니 올해에는 우경의『문편』*을 부쳐 왔다. 이는 모두 세상에 흔히 있는 것도 아니고, 천만리 먼 곳에서 사들인 것이다. 여러 해 걸려 얻은 것이며, 쉽게 단번에 손에 넣을 수 있는 것도 아니다. 게다가 세상은 흐르는 물살처럼 온통 권세와 이익만 따르는데, 이토록 마음과 힘을 들여 얻은 것을 권세와 이득이 있는 곳에 주지 않고 바다 건너 초췌하고 초라한 나에게 보내 주었구나.

태사공 사마천이 권세와 이득을 바라고 합친 자는 권세와 이득이 다하면 교제 또한 성글어진다고 했다. 그대 또한 세상의 도도한 흐름 속에 사는 한 사람으로서 잇속을 좇는 세상 풍조의 밖으로 초연히 몸을 빼내었구나. 잇속으로 나를 대하지 않았기 때문인가? 아니면 태사공 말씀이 잘못되었는가?

공자께서 말씀하시기를 '한겨울 추운 날씨가 된 다음에야 비로소 소나무와 잣나무가 시들지 않고 여전히 푸르다는 것을 알 수 있다.'라고 하였다. 송백은 본래 사계절 없이 잎이 지지 않는다. 추운 계절이 오기 전에도 같은 소나무 잣나무요, 추위가 닥친 후에도 여전히 같은 소나무 잣나무이다. 그런데도 굳이 추위가 닥친 다음의 그것을 말씀하셨다. 이제 그대가 나를 대하는 처신을 돌이켜 보면 전이라고 더

• **『문편』** 청나라 학자 우경 하장령이 편찬한『황조경세문편』을 이르는 말. 120권 79책에 이르는 방대한 양이었지만, 이상적은 스승 김정희를 위해 기꺼이 구해 주었다.

한 것도 아니요 후라고 줄어든 것도 아니다. 그러나 예전의 그대에 대해서는 따로 일컬을 것이 없지만 그 후에 그대가 보여 준 태도는 역시 성인에게 일컬음을 받을 만한 것이 아닌가? 성인이 특히 추운 계절의 송백을 말씀하신 것은 한낱 더디 시드는 나무의 곧은 지조와 굳센 절개만을 위한 것이 아니었다. 역시 추운 계절이라는 그 시절에 마음에 대해 느끼는 바가 있었던 것이다.

아아. 전한 시대와 같이 풍속이 아름다웠던 시절에도 급암과 정당시*처럼 어질었던 사람조차 그들의 형편에 따라 빈객이 모였다가는 흩어지곤 하였다. 하물며 하규현의 적공*이 대문에 서서 붙였다는 글씨 같은 것은 세상인심의 박절함이 극에 다다른 것이리라. 슬프다. 완당 노인이 쓰다.

- 급암과 정당시 중국 전한 시대의 인물들. 대쪽 같은 성품을 지녀 등용과 면직을 여러 차례 거듭하였는데, 벼슬할 때는 손님이 문전성시를 이루다가도, 면직되면 발길이 뚝 끊겼다고 한다. 사마천은 『사기』에 이들의 전기를 쓰며 야박한 세태를 비판했다.
- 적공 중국 한나라 때 하규현이라는 지방의 벼슬아치. 그가 면직되자 사람들이 발길을 끊었지만 복직되자 다시 몰려왔다고 한다. 적공은 이런 세태를 비판하는 시를 대문에 써 붙였다.

3부

제주에서 만난 사건의 열쇠

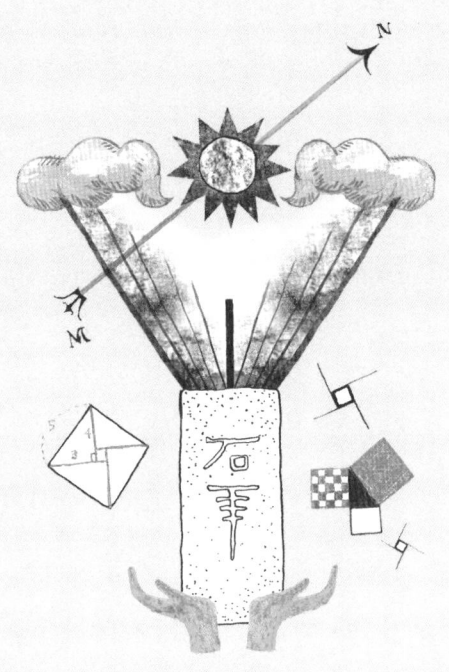

'남음'이 있는 집

　새해가 되었다. 진주의 이번 해는 조금 색달랐는데, 제주도에서 혼자 해맞이를 한 때문이다. 진주는 「세한도」 액자를 집에 가져온 날부터 제주도의 추사 유배지에 가 봐야겠다고 마음먹었다. 무슨 핑계를 댈까 궁리하다가 예전에 엄마를 따라 친척 아저씨네에 놀러 갔던 일이 생각났다. 진주가 혼자 제주도에 가겠다고 하자 아빠는 수학여행도 갔던 곳이라며 의외로 선선히 허락했으나 고모는 반대가 심했다. 여행은 나중에 대학 간 다음에나 가라는 것이었다. 하지만 결국 고모도 진주의 황소고집을 꺾지 못했다.

　진주는 가벼운 차림으로 서귀포에 있는 친척 아저씨의 집을 나섰다. 아저씨가 일 나가는 길에 추사 유배지까지 태워 주기로 했다. 자동차가 출발하자마자 고모에게서 또 전화가 걸려 왔다. 제주도에 도착하고 나서 벌써 몇 번째인지 모른다.

"고모, 잘 있어. 괜찮아. 응, 알았어, 알았어……."

고모와 통화할 때는 무조건 알았다고 대답하는 게 상책이었다. 자칫하면 잔소리를 한없이 듣게 되거나 금세 화제가 바뀌어 어디로 흘러갈지 모르기 때문이다. 통화를 끝내고 나윤기에게 문자 메시지를 보냈지만 답장이 없다. 제주도에 들를 거라고 했는데…….

진주는 눈을 돌려 창밖을 보았다. 길가에는 이국적인 나무들이 줄지어 서 있었다. 길을 걸어 다니는 사람들의 옷차림도 서울에 비해 훨씬 가벼웠다. 진주도 입고 온 오리털 점퍼가 거추장스러워 벗어 두고 나왔다. 서울은 영하 10도를 오르내리는데 제주는 딴 나라에 온 듯이 포근한 날씨였다.

대정읍 동문이라는 곳에서 내리니 돌하르방이 반겨 주었다. 타원형의 커다란 눈이 툭 불거져 나온 돌하르방은 입꼬리를 살짝 올리고 있었다. 진주는 돌하르방에 얼굴을 가까이 대고 팔을 쭉 뻗어 휴대 전화로 사진을 찍었다. 인증 사진인 양 고모와 아빠에게 전송했다.

건너편에 독특한 디자인의 건축물이 보였다. 인터넷에서 찾아본 바에 따르면 2010년에 문을 연 추사관이다. 출입구 계단이 아래쪽으로 향해 있는데, 전시관이 지면보다 낮은 듯했다. 너무 일찍 왔는지 아직 열지 않아서 매표소 앞에 놓인 팸플릿을 하나 집어

추사적거지

들고는 추사관 뒤쪽의 유배지로 발길을 돌렸다.

잔디밭을 지나자 '추사적거지'라고 쓰인 비석과 그 뒤의 초가집이 보였다. 진주는 안내판의 내용을 찬찬히 읽어 보았다. 추사가 귀양살이한 집은 예전에 헐렸고, 지금은 고증에 따라 복원한 것이라는 내용이 눈에 띄었다. 또 55세의 추사가 서울에서 한 달이나 걸려 이곳에 도착했으며, 그 뒤로 구 년 가까이 집 주위에 가시울타리를 치고 출입을 금하는 '위리안치'라는 형벌을 받았다고 적혀 있었다.

주변을 둘러보니 초가집 옆으로 소나무가 몇 그루 있어서 「세한도」와 비슷한 풍경이었다. 비석 옆에는 추사의 시가 적혀 있는데 척 봐도 외로이 귀양살이하는 쓸쓸한 심경이 잘 나타나 있었다.

정원의 가을 이끼 쓸어 내지 않았는데
바람 앞에 붉은 낙엽 점점 쓸려 가 스러지네
빈집에 온종일 지나는 이 없고
고목은 머리 숙여 책 읽는 소리 듣고 있네

야트막한 돌담을 두른 초가집은 지붕에 볏짚이 두툼하게 얹혀 있었다. 돌담 밑에는 어제 인터넷에서 본 대로 추사가 아끼고 사랑했다는 수선화가 있는데, 한겨울인데도 서너 송이가 도도하게 피어 있었다. 돌담 앞 팻말에도 추사의 시가 적혀 있는데 수선화를 찬양한 노래였다.

한 점의 겨울 마음 송이송이 둥글어라
그윽하고 담담하고 영롱하게 빼어났네
매화가 기품이 높아도 뜰을 못 면했는데
맑은 물에서 참으로 해탈한 신선을 보네

진주는 가방에서 스케치북과 펜을 꺼내 수선화를 몇 송이 그리고 옆에 시를 옮겨 적었다. 그럴듯한 시화가 되었다. 초가집 앞으로 가니 입구의 돌기둥 사이에 막대가 걸쳐져 있었다. 수업 시간에 들은 적이 있는 장치였다. 분명 '정낭'이라는 이름이었는데 대문 구실을 한다고 했다. 이런 식으로 걸쳐져 있으면 들어오지 말라는 것이었던가.

진주는 주위를 두리번거리고는 막대를 슬쩍 넘었다. 꼭 남의 집에 몰래 들어가는 기분이라 두근두근했다. 빈집을 천천히 둘러보다가 추사가 기거했다는 방 앞에 섰다. 묵직한 지붕 탓인지 유독 천장이 낮아 보이는 방 안에는 추사가 글 읽는 모습을 인형으로 꾸며 놓았다. 툇마루에 걸터앉아서 주변을 둘러보자니 추사도 여기에 앉아서 「세한도」를 그리지 않았을까 하는 생각이 들었다.

문득 추사는 어디쯤에서 자신이 살던 집을 바라보았을까 궁금해졌다. 얼마 전에 찾아본 책에서는 추사가 집 밖으로 나가지 못하는 형벌을 받았지만 어느 관리의 아량 덕에 제주를 둘러볼 수 있었다고 했다. 그랬다면 분명 자신의 집 주변도 돌아보았을 텐데. 「세한도」의 풍경이 유배지 주변과 비슷했으니까. 여기쯤일까. 밖으로 나온 진주는 그 자리에서 보이는 초가집과 돌담, 소나무 등을 스케치북에 그려 넣었다.

다시 추사관으로 돌아가 보니 이번에는 입장할 수 있었다. 전시실 입구부터 이어지는 추사의 일대기를 천천히 읽으며 안으로 들어갔다. 제1전시실에는 추사의 증조부모인 김한신과 화순옹주*의 이야기, 그 외 집안사람의 글씨와 유물, 그리고 당대 임금들의 글

● **화순옹주** 영조의 둘째 딸. 남편인 김한신이 세상을 떠나자 열흘을 굶고 자결했다. 추사고택 뒤편에는 화순옹주를 기린 정려각이 있고, 김한신과 화순옹주의 묘소도 있다.

씨가 전시되어 있었다. 제2전시실에는 「세한도」가 걸려 있었다. 해설을 읽던 진주는 고개를 갸우뚱했다.

"어? 그 액자와 같은 거잖아."

전시된 「세한도」 역시 후지쓰카 지카시라는 일본인이 1939년에 복제하여 만든 것으로 나윤기에게서 받은 액자와 같았다. 진주도 큰 감동을 받은 복제품이기는 했지만 박물관에 걸릴 만큼 중요한 물건인 줄은 몰랐다. 샘은 이렇게 귀한 그림이라는 걸 알고도 액자를 맡긴 건가?

"의문당? 나처럼 의문이 많은가 보다."

진주는 무심코 벽에 걸린 글씨를 보고 중얼거렸다. 추사가 쓴 '의문당'•이라는 현판이었다. 제2전시실을 나오자 앉아 쉴 수 있는 의자가 보였다. 그쪽으로 발걸음을 옮기는 순간, 한쪽에 서 있는 사람이 보였다. 진주의 얼굴이 활짝 펴졌다.

"샘!"

나윤기는 진주가 불러도 꼼짝 않고 벽에 걸린 액자만 보았다. 진주가 다가가서 다시 말을 걸었다.

"샘, 언제 오셨어요?"

• **의문당** 추사가 학문적 영향을 받은 완원의 호. 완원은 중국 청나라의 학자로 경학과 금석학 등 여러 분야에 뛰어났다. 추사가 쓴 의문당 현판은 제주의 대정 향교 공부방에 걸려 있었는데, 유배 당시의 추사가 제주의 유생들에게 끼친 영향이 컸음을 알 수 있다.

윤기는 그제야 고개를 돌렸다. 진주는 반가운 마음에 말을 쏟아
냈다.

"샘도 여기 오실 거면 좀 알려 주시죠. 저는 몰랐잖아요. 제 문자
보셨어요?"

"보기는 했는데 답을 못 했네……."

"에이, 그럼 좀 알려 주시지."

윤기는 말없이 다시 액자로 시선을 돌렸다. 며칠 사이에 얼굴이
초췌해진 듯했다.

"이 글씨가 아닌 것 같은데…… 이것도 추사가 썼나?"

윤기의 혼잣말에 진주도 액자를 보았다.

"뭔지 모르겠지만 특이한 글씨체네요. 무슨 뜻이에요?"

"유재(留齋), '남음이 있는 집'이라는 뜻이야."

진주는 액자 앞의 안내판을 읽었다.

유재 현판 탁본

유재, 남음이 있는 집.
현판 탁본.

기교를 다하지 않고 남김을 두어 자연으로 돌아가게 하고,
녹봉을 다하지 않고 남김을 두어 조정으로 돌아가게 하고,
재물을 다하지 않고 남김을 두어 백성에게 돌아가게 하고,
내 복을 다하지 않고 남김을 두어 자손에게 돌아가게 한다

"뭐, 남김의 정신이네요."

진주의 말에 윤기도 고개를 끄덕였다.

"그래, 남김의 정신. 마음을 울리는 글이야."

"이게 교과서에 나오는 추사체가 맞아요?"

"정확하게는 예서체인데, 이건 좀 다른 거 같은데……."

"유재가 집 이름이었나 봐요?"

"유재는 추사의 제자인 남병길의 호야. 남병길은 천문에 탁월한 수학자였어."

"수학자였다고요?"

"형인 남병철과 함께 조선 후기의 과학자 형제로 유명해. 당시 천문과 수학에서 최고의 실력자였는데, 『산학정의』, 『측량도해』 같은 수학책을 많이 썼어."

"그 옛날에도 수학책이 있었구나. 옛날 책에도 요즘 우리가 배

우는 내용이 나와요? 방정식이나 함수 같은 거요."

"그럼, 그보다 어려운 고차방정식, 삼각법 같은 고급 수학도 나오는걸. 피타고라스의 정리도 있지."

"저희 반에 수학이 제일 재미있다는 애가 있는데, 옛날에도 그런 사람이 있었나 봐요."

"남병길 외에도 많았지. 특히 남병길과 같이 연구한 사람 중에 이상혁이라는 뛰어난 수학자가 있는데, 이 사람은 중인 출신이었어. 그런데도 남병길이 쓴 수학책 『측량도해』의 머리말을 썼지. 남병길은 참판 벼슬을 지낸 명문 양반이었으니 신분을 뛰어넘은 교류였다고 할 수 있어."

"그만큼 학문을 높이 인정했다는 거군요."

진주가 고개를 끄덕이며 말했다. 윤기는 자신의 전공 분야라 그런지 열정적으로 이야기를 이어 갔다.

"그리고 남병길도 이상혁의 책 『익산』에 서문을 써 주었어. 이상혁이 얼마나 뛰어났냐면 그가 지은 『산술관견』이라는 책은 아주 뛰어나서 당시 일본의 수학자들에게도 많은 영향을 끼쳤을 정도야."

"추사도 수학을 잘했어요?"

진주의 물음에 윤기가 좋은 질문이라는 듯 빙그레 웃으며 대답했다.

"실학을 접했으니 과학과 수학에도 관심이 많았겠지."

"하긴 그렇게 비례를 맞춰서 「세한도」를 그렸으니 당연히 좋아 했겠네요. 제자 중에 수학자도 있고요. 그러면 이 현판도 스승이 제자에게 써 준 거로군요."

진주가 앞에 걸린 탁본 액자를 가리켰다. 하지만 윤기는 고개를 갸우뚱했다.

"글쎄, 그게 아닌 것 같네. 추사가 쓴 유재 현판은 워낙 유명해. 재미있는 이야기가 있는데, 추사가 쓴 현판을 육지로 옮기려고 배에 싣고 가다가 풍랑을 만나서 바다에 빠뜨린 거야. 그런데……."

윤기는 별안간 말을 끊고 출입구를 바라보았다. 직원인 듯한 사람이 전시실에서 나오고 있었다. 진주가 윤기를 재촉했다.

"그래서요, 잃어버렸어요?"

"그대로 떠내려간 현판이 일본에서 발견되었고, 그걸……."

윤기는 지나가는 직원에게 말을 걸었다.

"저, 말씀 좀 묻겠습니다. 이 탁본, 소치*가 일본에서 찾아왔다 는 그 유재 현판을 탁본한 건가요?"

"아닙니다. 유재 현판은 모각본도 많거든요. 이건 그중 하나의 탁본입니다."

"어쩐지, 하지만 소치가 찾아온 현판 글씨가 더 좋을 텐데요."

"그럼요, 훨씬 좋죠! 사실 얼마 전까지는 소치가 가져온 것을 걸

● 소치 김정희의 제자로 시·서·화에 뛰어났던 허련의 호. 허련은 일본까지 떠내려 간 유재 현판을 직접 가서 찾아왔다고 한다.

어 놓았는데 귀한 손님께 드렸어요. 아, 구 학예사!"

직원은 지나가던 여자를 불렀다. 여자가 발걸음을 멈추고 돌아보았다.

"여기 있던 유재 탁본, 일본에서 오신 분께 드렸지?"

"……."

여자는 대답도 않고 쌀쌀한 눈빛으로 윤기만 빤히 쳐다보았다. 직원이 다시 물었다.

"후지쓰카 집안에서 오신 분 말이야. 실장님이 그분 주셨잖아, 기억 안 나?"

"모르겠네요."

여자는 짧게 대답하면서 날카로운 눈길을 거두지 않았다.

"거참, 구 학예사도 같이 있었으면서……."

"후지쓰카?"

윤기가 안경을 고쳐 쓰며 중얼거렸다. 진주도 들어 본 이름이었다. 분명 「세한도」 복제품을 만든 사람이 후지쓰카 지카시라고 했다. 직원이 우쭐거리며 말했다.

"예, 후지쓰카 집안에서 찾아오셨거든요. 저희 추사관의 영광이었죠……."

"수장고에서 찾아서 그만 가 볼게요."

여자가 직원의 말을 끊고 차갑게 말했다. 돌아서려는 여자를 윤기가 붙잡았다.

"후지쓰카 집안에서 누가 왔는데요?"

"모른다니까요."

여자는 앙칼지게 대꾸했다. 그리고 윤기를 똑바로 보며 물었다.

"그 현판을 왜 찾죠?"

"궁금해하는 것도 안 됩니까?"

여자의 쌀쌀맞은 태도에 윤기도 퉁명스럽게 대꾸했다. 진주도 구 학예사라는 여자의 말투와 눈빛이 불쾌했다.

"참, 현태균 교수님 계신가요?"

"누구시죠?"

여자의 눈초리가 더 날카로워졌다. 하지만 윤기도 아랑곳하지 않고 건들건들 말했다.

"후배죠, 뭐. 이쪽 전공은 아니지만요. 제주도 온 김에 새해 인사 도 드릴 겸……."

"계시겠죠."

여자는 윤기의 말을 마저 듣지도 않고 쌩하니 출입구로 향했다.

"되게 쌀쌀맞네. 제주도 바람이 세다더니, 시베리아 칼바람이 다."

윤기가 평소답지 않게 투덜거렸다. 진주도 맞장구쳤다.

"그러게요. 예의라고는 전혀 모르나 봐요."

"아까 얘기한 교수님 만나서 따질까?"

윤기가 진주에게 눈을 찡긋했다. 그때 한 남자가 활짝 웃으며 다가왔다.

"너구나. 전시실에 누가 찾아왔다길래 누군가 했지. 여긴 어쩐 일이니?"

현태균 교수가 윤기에게 손을 내밀었다. 현태균은 우형의 선배이자 서로 아주 각별한 사이였다. 윤기는 졸업 후 잠시 아르바이트 했던 동창회 사무실에서 처음 그를 만났다. 그때 대학 강사였던 현태균은 동창회 총무였고 윤기가 그 일을 도왔다. 발이 넓은 그는 윤기의 교사 자리까지도 알아봐 주었다. 윤기와 현태균이 손을 맞잡고 악수했다.

"새해 복 많이 받으세요."

"그래, 너도. 우리 새해 복 많이 받자. 무슨 볼일이라도 있어서 온 거야?"

"뭐, 제주 온 김에 추사관도 구경하고 교수님도 뵙고요."

"날 보러 왔다니 고마운걸. 나야 유배객 신세가 따로 없지, 육지는 잊고 사니."

"교수님은 새해에도 여기 계시나요?"

"추사관도 자리 잡았으니 그만둬야지. 제주대학도 마무리하고."

"그럼 신학기에는 서울로 오시겠네요."

"와세다대학으로 갈 것 같아."

"일본으로 가시는군요. 언제 가시는데요?"

"곧 갈 거야. 근데 솔직히 말해 봐. 무슨 일 있어? 네 성격에 그저

날 보러 온 건 아닐 테고.”

현태균은 입을 감쳐물고 윤기를 보았다. 윤기가 자못 심각한 목소리로 말했다.

“장우형 소식을 아시나 해서요.”

“흠, 역시. 안 그래도 서울에서 연락이 왔어. 장우형이 없어졌다고? 서울 간 지 얼마 되지도 않았는데 무슨 일인지 모르겠네.”

“그럼 교수님도 우형이 소식 모르세요?”

“나도 기다리고 있는 중인데…….”

“그렇군요…….”

윤기는 그나마 믿고 있던 단서가 사라져서 힘이 빠졌다.

“무슨 일이야 있겠어? 경찰에 실종 신고도 했다면서.”

“신고만 받았지 수사를 제대로 안 하던데요. 무슨 사건 단서가 나와야 움직인다고 그러더라고요.”

“그래? 그래서야 어떡하나. 앉아서 기다리라는 소리잖아.”

“사실 우형이 사라지기 전에 만나자는 연락이 왔어요. 한참 기다렸는데도 안 왔고요.”

“어디서 만나기로 했는데?”

현태균의 눈빛이 예리하게 번뜩였다.

“저희 동네요. 골목에서 만나기로 했어요.”

“그래? 거참…… 얼마나 됐지?”

“일주일쯤 됐지요.”

"한겨울에 무슨 사고라도 당한 거 아닌가 모르겠네. 별일 없어야 할 텐데……."

현태균은 입을 다물고 허공을 응시했다. 윤기가 진지한 표정으로 물었다.

"혹시, 우형이가 스스로 잠적할 만한 이유는 없겠지요?"

"글쎄, 중앙박물관에서는 대뜸 없어진 유물부터 묻더라."

"예? 우형이가 빼돌렸다는 거예요? 말도 안 돼, 거기선 그런 식으로 몰아붙이나 보죠?"

"그래, 말도 안 되는 소리지. 몇몇이 그런 소리를 하나 봐. 혹시 유물 갖고 잠적한 거 아니냐고. 우형이가 그럴 리 없지……."

현태균은 말끝을 흐렸다. 윤기는 질렸다는 표정으로 고개를 저었다.

"그럴 리 없죠. 사람이 없어졌는데 한다는 소리가……."

"자, 여기서 이럴 게 아니라 사무실로 가자. 그런데 이 아이는 누구니?"

현태균은 윤기의 어깨에 손을 얹으며 진주를 보았다. 진주가 어정쩡하게 일어섰다.

"아, 제가 있는 학교 학생이에요. 우연히 만났어요."

윤기의 말에 진주가 꾸벅 인사를 했다. 현태균은 진주에게 슬쩍 미소를 짓고 앞장서 걸었다. 그를 따라가던 윤기가 문득 액자를 가리켰다.

"저 유재 탁본요, 모각본이 아니라 원본의 탁본을 걸어 놓으면 좋을 텐데요."

"소치가 찾아온 현판을 너도 아는구나. 역시 그 글씨가 최고지. 나도 참 좋아하는데."

현태균이 걸음을 멈추고 액자를 바라보았다. 윤기가 물었다.

"후지쓰카 집안에서 누가 왔어요? 그 현판 탁본을 줬다면서요."

"후지쓰카 집안은 아니고, 그 집과 관계있는 재일 교포야. 그래도 그렇지 현판까지 구해 달라니……."

현태균은 이맛살을 찌푸리며 중얼거렸다. 윤기가 되물었다.

"현판이요?"

"아, 아냐. 자, 사무실에서 차나 마시자."

현태균이 다시 발걸음을 옮겼다. 윤기는 진주에게 따라오라는 손짓을 하고는 걸으면서 말했다.

"여기에 후지쓰카 영인본•「세한도」가 걸려 있던데요. 후지쓰카의 아들은 진품을 돌려받으려 하지 않았나요? 후지쓰카가 그 귀한 작품을 조건 없이 주었다면서요."

"하하, 아무렴 자기가 소장 중이던 유물을 넘겨줬던 건데, 다시 달라고 했겠어?"

"그런데 정말 아무런 대가도 안 받은 건가요?"

● **영인본** 사진, 그림, 출판물 등의 원본을 사진이나 기타 과학적 방법으로 복제한 인쇄물.

"그래, 알려진 대로 후지쓰카가 「세한도」를 들고 일본으로 가버리자 손재형이 쫓아가서 끈질기게 설득했지. 결국 후지쓰카가 값을 받지 말고 그림을 내주라고 아들에게 명한 거야."

"평생 아끼던 것을 공짜로 내주다니 대단하네요."

"「세한도」를 손재형에게 넘기면서 남긴 말은 딱 한 마디였대. 잘 간수해 달라고."

"한국인이든 일본인이든, 진심으로 예술을 아끼는 사람의 마음은 다 같은가 봐요."

윤기의 말에 옆에 있던 진주도 고개를 끄덕였다.

전시실을 나오자 왼쪽에 사무실이 보였다. 현태균을 따라 학예연구실로 들어갔는데, 아까 전시실에서 보았던 여자 학예사도 앉아 있었다. 현태균은 안쪽의 학예실장실로 들어갔고 윤기와 진주도 그를 따랐다. 방에는 난초 그림과 산수화 액자, 한문 족자들이 사방 벽마다 걸려 있었다. 윤기가 방을 둘러보며 말했다.

"저기 구 학예사라고 있잖아요, 우형이 동료쯤 될 것 같던데요."

"아, 구하경 연구원. 일본에서 공부한 친구인데 장우형하고 교대하는 식으로 중앙에서 내려왔어. 능력이 보통 아니야. 덕분에 추사관에 그럴듯한 유물이 꽤나 갖춰졌거든. 인수인계 때문에 우형이하고도 잠시 같이 일했지."

현태균은 소파에 앉으며 그녀에 대해 장황하게 늘어놓았다. 꽤 높이 평가하는 모양이었지만 윤기는 못마땅한 듯이 말했다.

"우형이에 대해 뭣 좀 물어보려는데 워낙 쌀쌀맞아서⋯⋯."

"성격이 좀 차가워. 나도 적응이 안 되더라고. 그래도 우형이하고는 친했던 거 같은데. 서울 갈 일 생기면 둘이 만나는 모양이더라고. 이따 구 학예사하고 다 같이 점심이나 같이하지. 자, 앉아서 차 들어, 학생도."

윤기가 소파에 앉아 찻잔을 들며 물었다.

"그러고 보니 교수님, 유배지에서 중화척이랑 추사 자필 편지가 발굴됐다면서요?"

"음⋯⋯."

"우형이한테 얼핏 그런 얘기를 들었는데요."

"다른 말은 없었나?"

잠자코 윤기의 말을 듣던 현태균이 물었다. 윤기가 되물었다.

"무슨 말요?"

현태균은 차를 한 모금 마시고 천천히 입을 열었다.

"그게⋯⋯ 문제가 좀 있어. 그 편지하고 중화척이 없어졌거든. 우형이도 알고 있지."

"없어지다니요?"

"감쪽같이 사라졌어. 지금 어디 있는지는커녕 누가 가져간 건지도 몰라. 우형이한테 들은 바가 없나 보지?"

"없는데요. 근데 중화척이 우형이와 무슨 연관이 있나요?"

"연관이라니?"

"우형이 수첩에 중화척 시가 적혀 있어서요."

"우형이 수첩? 무슨 수첩인데?"

"아니, 그냥 수첩요……. 다이어리 같은 데 적어 놓은 걸 본 듯도 하고……."

윤기는 말을 얼버무렸다. 가압장에서 나온 수첩 얘기를 더 할까 하다가 그만두었다. 정말로 숨겨 놓은 것인지도 모르는데 섣불리 말할 필요는 없을 듯했다. 윤기는 차를 마시며 말을 돌렸다.

"중화척이 없어져서 써 놓았나 보죠. 중앙박물관에 있던 것도 그렇고, 진짜 귀신이 곡할 노릇이네요."

"그러게 말이다. 어쨌든 박물관에서나 학계에서 쉬쉬하고 있으니 너도 비밀로 해라."

"예……."

윤기는 더 묻고 싶은 말을 삼켰다. 찻잔을 내려놓고 화제를 바꾸기 위해 입을 뗐다.

"교수님, 「세한도」에 보물이 숨겨져 있다면서요. 어마어마한 보물이라는 소문이던데요."

"글쎄…… 한창 그런 소문이 돌긴 했는데 요즘은 시들해졌지."

"그래서 일본 사람들이 「세한도」에 열을 올렸잖아요."

"소문이 일본에서부터 나왔잖아. 후지쓰카가 한 말이라면서."

벽에 걸린 산수화를 보던 진주는 보물이라는 말에 귀가 쫑긋했다. 「세한도」에 보물이 숨겨져 있다니. 샘은 수학만 잔뜩 얘기해 주고는 보물 얘긴 한 마디도 안 했는데. 그런데 문득, 저번에 나윤기가 「세한도」에 더 놀라운 수학이 있다고 말한 것이 떠올랐다. 조 형사가 갑자기 가압장에 들이닥쳐서 미처 못 들었던 이야기가 궁금해졌다.

현태균은 소파에 깊숙이 기대어 입을 비죽대며 말했다.

"아직까지도 그런 소문을 믿는 사람이 있으려나."

"여기 왔던 일본 손님은 그런 얘기는 안 하던가요?"

"허허, 얘기한들 어쩌겠나. 「세한도」는 우리 중앙박물관에 고이 모셔져 있는걸."

"그렇긴 해요."

윤기는 고개를 끄덕이며 자리에서 일어섰다. 진주도 따라서 일어났다. 학예실장실을 나오니 적막하던 전시관이 왁자지껄했다. 견학 온 초등학생들이 떠드는 소리가 추사관에 생기를 불어넣었다.

대정 우물에 세운 자

현태균과 점심 약속을 해 두고, 윤기와 진주는 일단 추사관을 나왔다. 진주는 건물 측면의 둥근 창을 보고 추사관이 「세한도」에 나오는 초가집과 닮았다는 것을 알았다. 둘은 추사관 건너편의 대정성 동문터에서 대정성 유적지●를 휘휘 둘러보았다. 진주가 돌하르방의 머리를 쓰다듬는 것을 보고 윤기는 웃으며 말을 건넸다.

"그렇게 귀여워할 것까지는 없지 않을까? 원래 성문 입구에 서 있는 돌하르방은 성을 지키는 수문장 같은 역할을 했거든."

● **대정성 유적지** 대정성은 조선 태종 때 제주 대정현에 축성된 성곽이다. 동서남북 4개의 성문을 비롯한 각종 시설을 갖추고 있었다. 현재 원형이 대부분 남아 있으며 특히 북쪽 성채가 잘 보존되어 있다.

제주 추사관

"이 얼굴로 성을 지키다니, 도적들이 하나도 안 무서워했겠어
요."

진주가 돌하르방의 툭 튀어나온 눈을 보며 대꾸했다.

진주와 윤기는 야트막한 돌담 길을 따라 쭉 걸어가 보았다. 대정
성 북문 가까이 가 보니 성벽이 두텁고 높았다. 윤기가 성벽을 손
으로 짚으며 얘기했다.

"이 돌담은 대정성이라는 성의 외벽이야. 사각형 모양으로 둘러
쳐진 성벽은 높이가 17척을 넘었고, 길이가 4890척에 이르렀다는
기록이 있어."

"척으로 얘기하시면 들어도 잘 몰라요. 어쨌든 척 보니 크긴 크
네요."

"하하, 미터로 얘기해 줄까? 한 척이 0.3미터니까 4890척은 얼추

1500미터 정도겠네."

"왠지 샘이 또 수학 얘기를 꺼내실 거 같은데요. 전 수학은 싫어 하지만 저번에 들은 얘기는 나름 재미있었으니 들어 드릴게요."

"하하, 들어 준다니 고마운데? 사실 옛날 수학책을 보면 성곽에 대한 문제들이 많았어.『구장산술』˙이라는 책을 보면 성곽의 둘레, 높이에 관한 것뿐 아니라, 성을 쌓느라 파낸 흙의 부피를 계산 하는 문제까지 있거든."

"말만 들어도 머리가 아파요. 하지만 당시에도 수학 좋아하는 사람들은 있었죠?"

"그럼, 조선 시대에는 수학 시험을 치러서 이를테면 의사, 변호 사처럼 '산사'라고 부르는 수학 전문가들을 뽑고, 그들을 교육시 켜서 필요한 곳에 배치했어."

"요즘 말로 고시였겠네요? 그러면 시험공부는 무슨 책으로 했 어요?"

"'산경십서'라고 불리는 10종 교과서가 있었어. 산경은 수학의 경전이라는 뜻인데, 시험을 위해서는 그야말로 달달 외워야만 했 지. 이런 수학책들에는 분모, 분자, 방정식 등 지금 우리가 쓰는 수

●『구장산술』 현재 남아 있는 고대 중국의 수학책 중 두 번째로 오래된 책. 지은이 및 저술 연도는 불명이며 263년 유휘가 엮은 것이 가장 잘 알려져 있다. 우리나라 에서는 고구려의 태학에서 교과서로 채택된 후 조선 시대까지 중요한 수학책으 로 쓰였다.

학 용어들도 나오고 당시 서양보다 훨씬 앞선 내용들도 있었어."

"서양보다 수학이 앞섰다고요?"

진주가 의외의 말에 눈을 동그랗게 뜨고 윤기를 보았다.

"안 믿기지? 원주율, 분수, 소수, 음수 같은 개념들은 동양에서 먼저 나왔어. 서양보다 천 년 이상 앞섰지. 우리나라에서는 삼국 시대부터 이런 내용이 담긴 수학책들이 널리 읽혔고."

"삼국 시대부터 그런 수학이 있었구나. 그때도 지금처럼 수학을 공부해야 했다니, 휴."

진주가 성벽 모퉁이를 돌며 한숨을 쉬었다. 윤기가 빙긋 웃었다.

"세종 대왕도 수학 공부를 했는데? 부제학 정인지와 그 어렵다는 『산학계몽』을 공부했다는 기록이 있거든."

"세종 대왕은 정말 관심 없는 분야가 없었나 봐요."

"세종 대왕께 경상도 감사가 『양휘산법』이라는 수학책을 바쳤다는 기록도 있어."

"보통은 금이나 인삼 같은 귀한 물건을 바치지 않아요? 누가 저한테 수학책을 선물하면 정말 싫을 것 같은데……. 역시 세종 대왕은 저랑은 완전히 딴판이네요."

진주가 성벽을 손으로 만지며 말했다. 윤기는 성벽 위에 걸터앉으며 이야기를 이어 갔다.

"아까 추사관에서 남병길이 뛰어난 수학자였다고 말했지? 그가 쓴 수학책 『측량도해』에는 이차방정식을 이용해서 풀어야 하는 성곽 문제가 나와. 원래는 아까 말한 『구장산술』에 실린 문제이기도 해."

"아, 그 유재의 주인공이요? 그런데 이차방정식이라면 근의 공식 같은 거 말이죠? 들어 본 적 있어요."

진주도 윤기 옆에 걸터앉으며 물었다.

"그렇지. 그 책에 풀이도 나와 있어. 정사각형 모양의 성벽 둘레를 구하는 문제인데 여기 대정성과 비슷한 모양이겠는걸. 크기도 비슷하겠는데……. 잠깐만."

윤기가 『측량도해』에 실렸다는 문제를 휴대 전화로 검색하기 시작했다.

"여기 찾았다."

정사각형 성벽의 각 변의 중앙에는 성문이 하나씩 있고, 북문에서 북쪽으로 20보 가면 큰 나무가 한 그루 서 있다. 남문에서 남쪽으로 14보, 수직 방향 서쪽으로 1775보 가면 나무가 보인다. 성벽으로 둘러싸인 마을의 둘레는 얼마인가?

"듣기만 해서는 잘 모르겠어요. 일단 그림을 그려 보면……."
진주가 가방에서 종이와 연필을 꺼냈다.

"그래, 문제를 그림으로 그려 보는 게 좋은 방법이지."

"제가 방법은 잘 알아요. 문제를 못 풀어서 그렇지."

진주가 너스레 떨며 연필을 잡았다.

"그럼 먼저 정사각형 성벽을 그리고…… 성문이 네 개 있고, 북으로 20보 간다고요?"

"그래, 거기에 나무가 있고 또 남문에서 14보……. 잘 그리네."

문제를 그리던 진주가 물었다.

"그런데 '보'라면 걸음을 말하죠? 걸음으로 거리를 재면 정확하지 않잖아요."

"당시에 보는 거리를 재는 단위였어. 보통 1보라면 성인 남자가 넓은 보폭으로 걸은 한 걸음의 거리인데 1.5미터 정도 돼."

"생각보다 큰데요? 어쨌든 1775보 가서 나무가 보인다고 했으니 그리면 이런 모양이네요. 직각삼각형인데요."

"그렇지."

"그럼 마을의 둘레는 얼마예요?"

"그거야 문제를 풀어 봐야지."

"풀이는 뭐……. 머리가 멍해져서 더 이상은 무리예요."

진주가 슬그머니 연필을 놓았다. 윤기가 빙그레 웃었다.

"답만 알겠다는 심보구나. 집에 가면 풀어 봐. 답을 알려 주자면 마을의 한 변은 250보, 둘레는 딱 1000보야."

"한 보가 1.5미터라고 했으니까 1000보면 1500미터네요. 어, 팸플릿에는 대정성의 둘레가 바로 1467미터라고 나와 있어요. 거의 같네요, 그렇죠?"

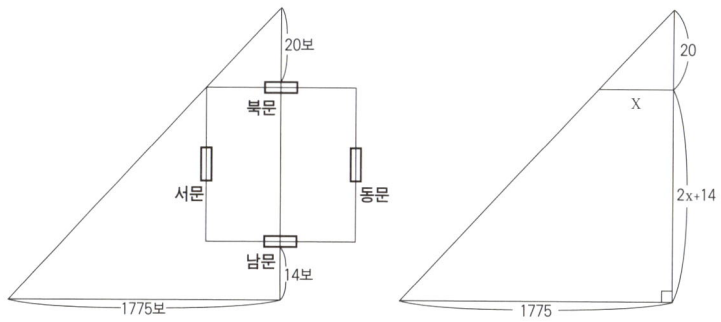

『측량도해』에 실린 성벽의 둘레를 구하는 문제

성의 한 변을 $2x$라고 하면, $\dfrac{20}{x} = \dfrac{2x+34}{1775}$

$x(2x+34) = 20 \times 1775$

$2x^2 + 34x - 35500 = 0$

$x^2 + 17x - 17750 = 0$

이차방정식 $ax^2 + bx + c = 0(a \neq 0)$의 근의 공식인

$x = \dfrac{-b \pm \sqrt{b^2 - 4ac}}{2a}$ (단, $b^2 - 4ac \geq 0$)를 이용하면

$x = \dfrac{-17 \pm \sqrt{17^2 + (4 \times 17750)}}{2}$

$\therefore 2x = 250$

진주가 팸플릿을 펼쳤다. 윤기도 지도를 보고 감탄했다.

"이야, 정말 그런걸."

"대정성을 보고 문제를 만들었나? 아님 대정성을 문제에 맞춰
서 지었나?"

“하하, 그럴지도 모르겠다.”

두 사람은 대정성 주변을 천천히 구경하고 추사 유배지로 돌아왔다. 진주는 초가집 앞에 서서 중얼거렸다.

“어디쯤에서 초가집을 보았을까?”

진주는 양손 엄지와 검지로 사각형을 만들어 눈에 대었다. 그리고 사진을 찍듯 앞뒤로 오가며 추사 유배지를 보았다. 뒷걸음치면서 유배지를 보던 진주는 추사관 뒤편의 골목을 가리켰다.

“추사는 저쪽에서 유배지를 보았을 것 같아요. 지금은 추사관이 가리고 있지만요.”

진주는 주택가 골목으로 향했다.

“샘, 여기 와 보세요.”

윤기도 진주의 목소리를 따라 골목으로 들어가 보았다.

“여기요. 이런 데 우물이 있어요.”

진주는 나지막한 돌담 옆에 세워진 팻말을 보고 있었다. ‘두레물’이라는 우물인데, 주민들의 식수로 사용하기 위해 만들어진 대정성 유일의 우물이라는 내용이었다.

“성안에 우물이 하나밖에 없었구나. 사람들이 모두 쓸 정도라면 우물이 아주 컸겠어요.”

돌담 앞에는 나무 막대기가 수평으로 놓여 있었다. 들어가지 말라는 표시였다. 진주가 갑자기 무언가 떠오른 듯 손뼉을 쳤다.

“아, 맞다! 수첩에 있던 게 혹시 ‘우물 정(井)’ 자가 아닐까요?”

“응? 뭐가?”

“수첩에 가로세로로 두 줄이 크게 그려져 있었잖아요. 기억 안 나세요? 일부러 우물 정 자를 크게 쓴 거 아닐까요? 그러니까 큰 우물, ‘대정(大井)’이요.”

“그렇다고 해도 왜…….”

무언가 골똘히 생각하던 윤기가 주위를 살피더니 막대기를 훌쩍 뛰어넘었다. 진주도 따라서 막대기를 넘어 안으로 들어갔다.

돌담 안에는 바닥에 벽돌이 깔려 있고, 물동이를 어깨에 멘 처녀 상이 있었다. 돌계단을 조금 내려가니 우물이 보였다. 울타리로 출입을 막아 놓은 우물은 이미 다 말라서 탁한 물이 조금 고여 있을 뿐이었다. 오래전부터 사용하지 않은 듯 우물 속에 쌓인 흙이 불뚝 솟아 있고, 그 위로는 잡초도 자라 있었다.

갑자기 진주가 윤기의 팔을 쳤다.

“샘, 저건 뭐예요? 저기 막대기 보이시죠?”

우물 속 흙 위로 삐죽 튀어나온 것이 보였다. 잡초에 가려져 잘 보이지 않았지만, 분명히 막대 하나가 꽂혀 있었다. 윤기는 울타리를 넘어 안으로 들어갔다. 그리고 우물 속으로 팔을 뻗어 막대를 힘껏 뽑았다. 윤기가 막대기를 들고 울타리 밖으로 나왔다. 진주가 흥미진진한 눈으로 바라보다 이내 실망한 표정이 되었다.

“에이, 뭐야. 그냥 자 아니에요?”

“그러게……. 그래도 이런 게 왜 꽂혀 있지?”

가늘고 기름한 막대기는 센티미터가 표시된 평범한 자였다. 윤기가 자를 이리저리 살펴봤지만 진주는 시큰둥하게 말했다.

"누가 장난친 건가 봐요."

"아!"

자를 살피던 윤기가 외마디 소리를 냈다.

"이건 우형이 사인인데……. 어릴 때부터 쓴 거라 잘 알아."

"아, 사라진 친구분요?"

"그래, 그 친구 물건이 왜 여기에……."

"일부러 꽂아 뒀을까요?"

"글쎄……."

윤기는 계단에 앉아 자를 자세히 보았다. 그러고는 우물을 응시하며 생각에 잠겼다. 진주는 호기심 어린 눈으로 그와 자를 번갈아 보았다. 갑자기 윤기의 눈이 번뜩였다.

"아, 해시계!"

윤기의 두 눈이 반짝였다. 뭔가를 깨달은 모양이었다. 진주가 그를 보며 되물었다.

"해시계요?"

"어릴 때 가압장 공터에 해시계를 만들었어. 이렇게 막대기를 세워서."

윤기가 바닥에 자를 세우고 말하자 진주가 고개를 끄덕였다.

"아하, 그런데 해시계는 왜 만드셨어요?"

"그림자가 길어질 때까지는 실컷 놀 수 있었거든."

"손목시계도 휴대 전화도 없을 땐 그랬겠어요. 어…… 그런데 샘, 추사고택에도 있어요."

"뭐가?"

"해시계요. 추사가 만든 해시계가 추사고택에도 있어요. 봤던 거 기억나요."

추사고택의 해시계

추사고택 솟을대문을 들어서면 사랑채 앞 화단에 해시계를 놓았던 돌기둥이 바로 보였다. 윤기도 돌기둥의 그림자가 바깥채 쪽으로 길게 드리워져 있던 것이 떠올랐다. 돌기둥에는 추사체로 '석년(石年)'이라는 글자가 새겨져 있었다.

"그래……. 우형이도 추사의 해시계를 말했지."

언젠가 우형도 진주와 같은 말을 했던 것이 기억났다. 우형은 우리처럼 추사도 해시계를 만들었다며, 추사고택 마당에 그 해시계를 놓았던 돌기둥이 아직도 있다고 얘기했다. 윤기는 우물을 응시하며 중얼거렸다.

"그때 나는 무슨 얘기를 했지? 해시계…… 해시계…… 주비?"

우형이 우물에 세운 자는 분명히 해시계를 말하는 것이다. 우형이 추사의 해시계 이야기를 꺼냈을 때, 윤기는『주비산경』˙이라는 수학책에서 공부한 내용을 우형에게 말해 주었다. 그 책에도 '주비'라는 이름의 해시계와 관련한 흥미로운 내용이 나오기 때문이었다. 우형은 어릴 적 만든 해시계가 성인이 되어서도 화젯거리가 된다며 무척 즐거워했다.

"그런데 추사의 해시계랑 이 자가 무슨 관계예요?"

윤기의 혼잣말에 진주는 새로운 궁금증이 쌓여만 갔다.

"내 생각대로라면 아마 주비를 뜻하는 표시일 거야."

"주비? 그게 뭔데요?"

진주는 새로운 얘기에 귀를 쫑긋했다.

"중국에『주비산경』이라는 수학책이 있어. 이천 년쯤 전에 쓰인 동양에서 가장 오래된 수학책인데, 우리나라에도 삼국 시대에 전해졌지. 주비는 '주나라의 막대'라는 뜻이야."

"수학책인데 갑자기 웬 주나라 막대가 나와요?"

"그냥 막대가 아니라 해시계였거든. 당시 중국에서는 해시계 주비를 이용해서 무려 하늘과 땅 사이의 거리를 구하려고 했어. 책에 자세한 내용이 나오는데, 주나라의 진자˙가 등장해서 '진자가 말하기를' 하며 설명하지."

● 『주비산경』 동양에서 가장 오래된 수학책. 중국 한나라 때 쓰였다고 추정하나 명확하지 않다. 이전부터 전해지던 천문학과 수학 지식들을 엮은 책이다.
● 진자 기원전 10세기경 중국의 수학자이자 천문학자.

"아, '공자 가라사대'처럼요. '진자 가라사대'가 되네요."

"하하, 그래."

윤기가 너털웃음을 지었다. 진주가 자를 가리키며 물었다.

"그렇다면 샘 친구분이 뭔가 단서를 남긴 걸까요?"

"글쎄, 내 생각에는 주비를 말하려는 것 같기는 한데……. 어쨌든 이번에도 네 덕분에 이 자를 찾았네."

"갑자기 추사가 유배지를 어디서 봤을까 생각하다 보니 온 건데요, 뭐. 이건 순전히 추사 덕분이네요."

진주가 멋쩍어서 머리를 긁적이며 말했다.

"하하, 그러게."

"그런데 아까 하시다 만 얘기요, 진자가 뭐라고 말했는데요?"

"아, 진자는 땅에서 태양까지의 거리를 구하려고 했어."

윤기는 자를 바라보면서 『주비산경』의 내용을 머릿속으로 떠올렸다. 한참을 생각하더니 무언가 깨달은 듯 자에서 눈을 뗐다.

"땅에서 태양까지의 거리…… 직각삼각형의 빗변? 그렇다면?"

영문 모를 얘기에 진주는 고개를 갸웃할 수밖에 없었다. 윤기는 연신 혼자서 고개를 끄덕였다.

"그 숫자는 바로 그거였어."

윤기는 주먹을 쥐고서 흥분된 목소리로 말했다.

"그 종이를 읽을 수 있겠어. 도대체 무슨 말을 써 놓았을까……. 참, 네가 있어야 되는데?"

윤기가 진주를 바라보았다. 진주는 어리둥절한 표정이 되었다.

"제가요?"

"너 언제 올라가니?"

윤기가 다급히 물었다.

"모레요."

"그렇구나……. 아, 거기도 가 봐야겠는데."

"왜 제가 있어야 되는 거예요?"

"가서 알아보고, 종이는 나중에 봐야겠다."

윤기는 허둥대며 횡설수설했다. 진주가 시계를 보았다.

"샘, 추사관 교수님하고 점심 약속한 시간 되지 않았어요?"

"그래? 그럼 우선 점심부터 먹어야겠다. 가자."

윤기가 성큼성큼 계단을 오르며 진주를 재촉했다.

"저도 가요?"

"그럼, 너도 밥 먹어야 되잖아."

윤기와 진주는 들어올 때처럼 막대기를 넘어 밖으로 나왔다. 지나가던 사람이 수상쩍은 눈으로 진주와 윤기를 돌아보았다.

뱀의 굴을 찾아가다

추사관 근처의 식당에서 다 같이 점심을 먹었다. 진주는 추사관 주차장까지 걸어가며 흥겨웠던 식사를 떠올렸다. 주택가 골목의 허름한 식당에서는 마침 대정성 유적지 공사장의 인부들도 식사를 하고 있었다. 인부들은 주로 동문 부근의 주민들로 보였는데 분위기가 화기애애했다. 현태균은 그들과 스스럼없이 자리를 같이하며 어울렸고, 어느새 탁주까지 들이켜며 흥겨워했다. 현태균에게 그런 면이 있다는 게 재미있었다.

"후후."

진주는 저도 모르게 웃음이 났다. 반면 구하경은 식당에 들어갈 때부터 찌푸린 인상이었다. 식사하는 내내 못마땅한 듯, 수저를 뜰

때마다 눈꼬리가 살짝 올라갔다. 초대받지 않은 손님 같은 구하경의 모습은 또 다른 구경거리였다.

즐거웠던 식사 시간을 떠올리는 진주에게 윤기가 물었다.

"아저씨 댁에 갈 거니? 데려다 줄까?"

"지금 가 봐야 아무도 없는걸요. 샘은 어떻게 하시려고요?"

"어, 좀 가 볼 데가 있어."

"어디 가시는데요?"

"저기, 김녕 쪽으로."

"김녕은 어디쯤인데요?"

"여기서 섬 반대쪽이야. 북쪽 해안 가까이."

진주가 휴대 전화로 지도를 찾아보았다.

"여기 김녕 있네요. 아, 미로공원도 여기 있구나."

"미로공원 가 봤니?"

"예, 수학여행 때요. 미로도 빠져나와 봤어요."

진주가 결심했다는 듯 윤기의 얼굴을 보고 말했다.

"샘, 저 오늘 샘 따라다니면 안 돼요?"

"김녕까지 간다고?"

"예, 샘 볼일 보실 때 근처에 내려 주세요."

"그럼 김녕에서 내가 일 보는 동안 넌 미로공원에 있을래?"

"예!"

진주가 고개를 끄덕이며 크게 대답했다.

조수석에 올라탄 진주는 다시 휴대 전화로 지도를 살폈다.

"샘, 어느 길로 가실 거예요?"

"글쎄, 어느 길이 좋을까?"

"이 해안 도로 어때요? 아니면 한라산 관통해서 가든지요."

"그럼 둘 다 가지, 뭐."

"어떻게요?"

"한라산 관통해서 가다가 북제주에서 해안 도로 타면 돼."

"아하."

진주는 윤기가 말한 길을 손가락으로 따라가 보았다. 윤기가 운전대를 툭툭 쳤다.

"내가 아주 택시 기사가 됐구나."

"나 기사님, 고맙습니다, 헤헤."

진주가 넙죽 고개를 숙이자 윤기가 벙긋 웃었다. 자동차는 도로를 빠르게 달렸다. 잠시 후 우뚝 솟은 기괴한 바위산이 나타났다. 아침에도 보았던 산방산이다. 운전하던 윤기가 진주에게 물어보았다.

"산방산 전설 들어 봤니?"

"산방덕이라는 여신이 저 산에 살았대요. 그래서 산방산이라는 이름이 붙은 거라고 하던데요."

진주가 자신 있게 답했다. 아침에 친척 아저씨가 들려준 이야기이다. 산방덕이라는 여신이 인간 세상에서 살았는데, 자신 때문에 남편이 죽자 속세에 온 것을 한탄하면서 산방굴에 들어가 바윗돌로 변해 버렸다는 전설이었다. 윤기가 장난스럽게 웃었다.

"나는 다르게 알고 있는데?"

"다른 얘기가 있어요?"

"옛날 한 사냥꾼이 한라산에 사냥을 나갔다가 잘못해서 산신의 궁둥이를 활로 쏘고 말았어. 그러자 산신이 노해서 손에 잡히는 대로 한라산 봉우리를 뽑아 던졌는데 그게 땅에 떨어져 산방산이 되었다는 거야. '산신의 방둥이를 쏘았다.'라는 말에서 산방산이라고 한대."

"산신의 방둥이요? 에이, 순 엉터리."

"뭐가 엉터리야? 백록담을 봐. 꼭 뭔가 뽑히고 남은 자리 같잖아."

"어쨌든 제가 알고 있는 전설이 더 그럴듯해요."

진주가 입술을 삐죽 내밀고 고개를 흔들었다. 윤기는 어느새 멀어져 가는 산을 가리키며 말했다.

"산방산은 귀양살이하던 추사도 둘러봤다고 해. 제주 10대 경관에 드는 곳이지."

"하긴 올라가면 사방이 다 잘 보이겠어요. 그런데 샘, 아까 하시던 얘기 마저 들려주세요. 정말 예전 중국에서 땅과 하늘 사이의 거리를 쟀어요?"

진주는 대정에서 듣다 만 『주비산경』 이야기가 생각났다.

「복희여와도」
복희(왼쪽)는 컴퍼스를, 여와(오른쪽)는 곡자를 들고 있다. 복희는 자와 컴퍼스, 팔괘, 구구단 등을 만들어 산술과 기하학의 창시자로 받들어진다.

"이야, 진주가 먼저 수학 얘기를 들려 달라니 뿌듯한데?"

"그러니까요. 흔치 않은 기회이니 얼른 시작하세요."

진주가 천연덕스럽게 고개를 끄덕였다. 윤기는 뒷거울을 한 번 힐끗 보고는 얘기를 시작했다.

"『주비산경』의 맨 앞을 보면 중국의 복희˙가 수를 처음 만들었

● 복희 중국의 신화에 나오는 제왕. 사람의 머리에 뱀의 꼬리를 하고 있으며 150년 동안 중국을 다스렸다고 한다. 중국 문화의 시조로 일컬어진다.

다고 나와.”

윤기는 목소리를 가다듬고 『주비산경』의 앞부분을 들려주었다.

주공[*]이 상고[*]에게 묻기를,

옛날 복희가 하늘을 계산하여 역도[*]를 세웠다고 하노라.

하늘은 계단을 밟아 오를 수 없고 땅은 자로 잴 수가 없도다.

그렇다면 그 수들은 어디서 나왔는가.

상고가 말하기를,

그 수들의 법칙은 원과 정사각형으로부터 나왔는데.

원은 정사각형으로부터, 정사각형은 곡자로부터 나오며,

곡자는 9, 9는 81, 즉 구구단으로부터 나온 것이다.

곡자를 접어서 밑변을 3, 높이를 4로 하면 빗변은 5가 되고

정사각형의 한 변으로 만든 곡자는 둘레의 비가 3, 4, 5이다.

두 곡자의 곱은 25가 되는데 이를 곡자의 넓이라고 일컫는다.

이와 같은 수들은 우임금[*]이 천하를 다스릴 때에 생겨났도다.

- **주공** 기원전 12세기에 활동한 중국의 정치가. 주나라를 세운 무왕의 동생으로 국가의 기반을 다졌다. 공자는 그를 후세 황제와 대신들이 모범으로 삼아야 하는 인물이라고 했다.
- **상고** 은나라 말기와 주나라 초기에 활약했던 수학자.
- **역도** 역법. 천체를 관측하여 해와 달의 운행, 계절의 주기 등을 다루는 것.
- **우임금** 중국 최초의 나라인 하나라의 시조라고 전해지는 전설상의 인물. 중국 전역을 9개 주로 나누고 세금 제도를 정했다고 한다.

윤기가 다 읊자 진주가 물었다.

"샘은 그런 걸 어떻게 다 외워요?"

"이 녀석이 내용은 안 듣고. 전공이니까 그렇지. 하여튼 무슨 말인지 알아들었니?"

"잘은 모르겠지만 구구단이 그때 만들어졌다는 거 아니에요? 근데 곡자는 뭐예요?"

"직각자는 알지?"

"그거야 알죠."

"곡자는 직각자와 같은 모양이야. 『주비산경』에서는 곡자로 직각삼각형을 만들어 밑변, 높이, 빗변에 대한 정리를 말하고 있는 거야. 바로 피타고라스의 정리. 아직 안 배웠지?"

"들어 본 적은 있어요. 그런데 『주비산경』에 나오는 시대는 피타고라스의 정리보다 훨씬 앞선 거 아니에요?"

"피타고라스보다 먼저 중국인들이 발견한 거야. 하늘과 땅 사이의 거리를 말하다 말았지? 진자가 그에 대해 한 말을 들려줄 테니까 무슨 내용인지 잘 생각해 봐."

윤기는 다시금 목소리를 가다듬고 진자의 말을 읊었다.

해가 남중할 때 막대를 세우고 그림자를 측정한 '천도의 수'를 구한다.
주비의 길이가 여덟 자로서 높이가 되고, 밑변인 그림자가 여섯 자 될 때,
6만 리 떨어져 그림자가 생기지 않는 지점에서 해까지의 거리는 8만 리

이다.

막대에서 해 아래까지의 거리와 높이를 직각삼각형의 밑변과 높이로 삼아서 밑변과 높이를 각각 제곱하여 합한 다음 그것의 제곱근을 구하면, 막대로부터 해가 있는 곳까지를 잇는 빗변은 10만 리가 된다.

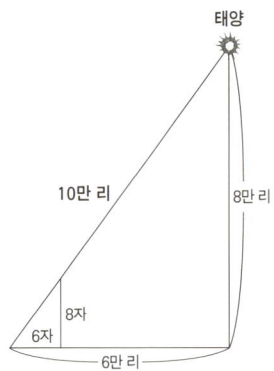

『주비산경』에 나오는 땅과 하늘의 거리를 구하는 문제
고대 중국인들은 직각삼각형의 밑변, 높이, 빗변의 법칙을
이용해 땅과 하늘 사이의 거리를 구하려고 했다.

"어때? 어디서 많이 들어 본 말이 나오지 않니?"

"밑변과 높이를 각각 제곱하여 합한 다음 그것의 제곱근을 구한다니, 피타고라스의 정리 아녜요?"

진주가 깜짝 놀라며 손을 모았다.

"맞아, 물론 지구에서 태양까지가 10만 리라는 건 턱없는 소리지만 직각삼각형의 두 변과 빗변에 대한 정리는 정확하지."

"그러면 중국에서 먼저 나왔으니 피타고라스의 정리가 아니잖아요."

"『주비산경』에서는 '구고현의 정리'라고 해. 직각삼각형의 밑변을 '구', 높이를 '고', 빗변을 '현'이라고 한 거야. 구고현의 정리를 나타내는 그림도 책에 실려 있는데 피타고라스의 정리를 증명한 수백 가지 방법 중에 가장 간결하며 아름답다고들 해. 이천 년 전 그림인데도 말이지."

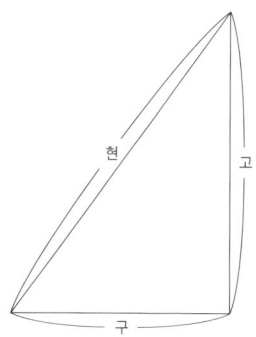

구고현의 정리
고대 중국에서는 피타고라스보다 훨씬 일찍 직각삼각형의 세 변의 관계를 증명해서 이용했다.

"구고현의 정리……. 나중에 찾아봐야겠어요."

"하하, 이제 진주가 미술만이 아니라 수학에도 관심을 가지는 건가?"

"에이, 아름답다고 해서 궁금해진 것뿐이에요."

윤기와 진주가 대화를 나누는 사이 자동차는 중문 해안을 내달리고 있었다. 진주가 지도와 도로 표지판을 번갈아 보며 물었다.

"이쪽은 서귀포 가는 길인데요? 한라산 관통하는 도로는 지나쳤어요."

"『주비산경』 내용 기억하느라 길을 신경 못 썼네……."

"어휴, 그러면 어느 길로 가는 거예요?"

진주는 다시 지도를 보았다. 윤기가 속도를 줄이고 앞을 두리번거렸다.

"서귀포 지나서 한라산 자락 벗어난 길로…… 어?"

"길이 없는데요?"

도로가 파헤쳐져서 더 이상 갈 수가 없었다. 도로 표지판에도 붉은 테이프가 가위표로 붙어 있었다. 오른쪽으로 나 있는 진입로 역시 모두 파헤쳐졌거나 막혀 있었다. 윤기가 투덜댔다.

"이쪽 도로는 모두 이 모양이네. 아예 들어갈 수 없잖아."

"공사하나 봐요. 아침에 제가 온 길은 이렇지 않았어요."

"아하, 강정 마을 들어가는 길인가 보다. 진입로를 모두 막아 놨구나, 이런."

차를 돌려서 왔던 길을 되돌아갔다. 윤기가 힐끔 뒷거울을 보니 뒤따라오던 차도 방향을 돌리는 참이었다. 잠시 후 서귀포 방향을 알리는 도로 표지판이 나왔다.

"그런데, 샘."

자동차가 4차선 도로로 들어서며 빠르게 달리기 시작하자 진주가 입을 열었다.

"아까 『주비산경』에서요. 원은 정사각형으로부터, 정사각형은 곡자에서 나왔다는 게 무슨 말이에요?"

"아, 그건 천원지방과 구고현을 말하는 거야. 구고현은 아까 얘기했지? 천원지방은 하늘은 둥글고 땅은 네모나다는 당시 동양의 기본 사상이야."

"땅이 네모나다니, 진짜 그렇게 생각한 거예요?"

"아주 옛날, 처음에는 그렇게 믿었겠지. 하지만 상징적인 의미가 있는 것으로 봐야 해. 둥근 하늘에 대비하면 땅이 네모나다고 표현한 거야. 천원지방을 나타내는 원과 정사각형 상징은 우리나라에서도 많이 볼 수 있어. 하늘에 제를 올리는 참성단이라든가 궁궐 안의 연못을 천원지방 모양으로 만들었거든. 조선 시대 엽전도 원의 가운데에 정사각형 모양 구멍을 뚫었잖아. 모두 천원지방을 반영한 거야."

"엽전에 그런 뜻이 있는 줄은 몰랐어요. 그러면 구고현과는 무슨 관계예요?"

"천원지방, 즉 하늘과 땅의 모양에서 구고현의 수도 나왔다고 생각했어."

"수가 하늘과 땅의 모양에서 나왔다고요?"

조상들의 삶에서 엿보는 천원지방 사상
조선 시대의 엽전(왼쪽)은 둥근 테두리 안에 사각형 모양의 구멍을 뚫었으며, 신라 시대의 첨성대(오른쪽)는 상단을 사각형과 원이 서로 겹치는 형태로 쌓아 두었다. 모두 천원지방의 흔적이라 할 수 있다.

"그래, 그 책에는 이런 내용이 있거든."

윤기가 『주비산경』을 암송했다. 진주는 머리를 차창에 기대고 들었다.

정사각형은 땅, 원은 하늘을 말하며 하늘은 둥글고 땅은 반듯하다.

원의 수가 기본이며 정사각형의 수는 원으로부터 나오고,

하늘은 푸르고 검으며 땅은 누렇고 붉도다.

푸르고 검은 겉에, 누렇고 붉은 속을 두어 천지의 위치를 헤아린다.

그리하여 땅을 아는 자는 지혜롭고 하늘을 아는 자는 성스럽다.

지혜는 밑변에서 나오고 밑변은 곡자로부터 나온다.

곡자로 재어 수로 만드는 것은 만물을 통제하기 위함이라.

"꼭 시처럼 썼네요."

가만히 듣고 있던 진주가 머리를 차창에서 떼며 말했다.

"하하, 그럼 『주비산경』은 시집이겠네."

윤기가 진주를 돌아보고 빙긋 웃었다.

"에이, 말도 안 돼요. 수학책이 시집이라니요. 끔찍한 공포물이라면 몰라도."

진주가 고개를 절레절레 흔들며 눈살을 찌푸렸다.

"그런데 내용은 이해되니?"

"솔직히 너무 시 같아서 잘 모르겠어요."

진주가 머리를 긁적이며 말했다.

"그럴 거 같더라. 풀어서 얘기해 줄게. 첫 부분은 원을 그리고, 그 안에 정사각형을 그려서 천지의 위치를 나타낸다는 뜻이야. 바로 천원지방이지."

"아, 이렇게요."

진주가 허공에 원을 그리고는 그 안에 사각형을 그려 보았다.

"자, 지금부터 본격적인 수학 얘기야. 먼저 하늘이 원이라고 했지? 그러면 지름이 1인 원의 둘레는 몇일까?"

"3.14? 원주율이 3.14잖아요."

"맞아, 그런데 당시 중국에서는 원주율을 간단하게 3으로 계산했어."

"그럼 지름이 1인 원의 둘레는 3이네요."

"그렇지, 그럼 한 변이 1인 정사각형의 둘레는?"

"그야 4겠죠."

"그래서 3, 4 그리고 그다음 수인 5를 가지고 직각삼각형을 만들었어. 밑변 '구'는 3, 높이 '고'는 4, 빗변 '현'은 5인 거야. 이렇게 구고현을 하늘과 땅을 상징하는 원과 정사각형에서 나온 수로 만든 거야. 그리고 3의 제곱과 4의 제곱을 더하면 25, 바로 5의 제곱이 되니까 피타고라스의 정리와 같고."

"아하, 그래서 수를 만들어 만물을 통제하노라, 땅땅땅. 이런 거죠?"

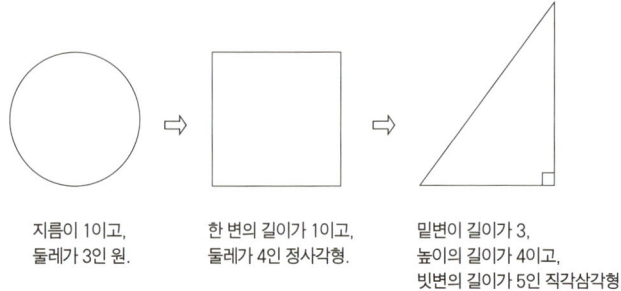

지름이 1이고,　　한 변의 길이가 1이고,　　밑변이 길이가 3,
둘레가 3인 원.　　둘레가 4인 정사각형.　　높이의 길이가 4이고,
　　　　　　　　　　　　　　　　　　빗변의 길이가 5인 직각삼각형.

『주비산경』에 나오는 천원지방과 구고현의 정리

진주가 재판장이 망치를 휘두르듯 주먹을 흔들었다.

차는 벌써 제주 시내의 번화한 거리를 달리고 있었다. 윤기가 뒷거울을 흘금 보고 중얼거렸다.

"저 차는 서귀포에서도 따라왔는데……."

"예?"

"아, 아무것도 아냐."

"샘, 그런데 김녕에는 왜 가시는 거예요?"

"구렁이 잡으러."

"네? 거짓말하지 마세요."

"진짜야. 김녕에 큰 구렁이 굴이 있거든. 사굴(蛇窟)이라고."

말은 그렇게 했지만 이유는 따로 있었다. 우형의 수첩에는 사굴이라는 한자도 적혀 있었다. 처음에는 무슨 의미인지 몰랐다. 하지만 박물관에서 일하는 친구에게서, 우형이 제주에 있을 때 김녕사굴이라는 곳에서 유물을 발굴했다는 말을 듣고 나니 이해가 됐다.

현태균 교수와 점심을 먹으며 김녕사굴 발굴에 대해서도 물어보았으나 별다른 말은 없었다. 우형이 추진한 발굴 사업은 성과가 없어서 작년 가을에 무산되었고 사굴도 폐쇄되었다는 것이다. 사굴에서 나온 유물은 고작 깨진 주발 몇 조각뿐이었다며 헛수고만 했다고 현태균은 투덜거렸다. 하지만 대정에서 뜻하지 않던 단서를 발견한 윤기는 사굴에도 가 보기로 마음먹었다.

"사굴, 사굴……. 아, 여기 있다. 김녕사굴."

진주가 휴대 전화 화면을 손가락으로 짚고는 설명문을 읽기 시작했다.

"어디 보자. 옛날에는 정말 구렁이가 살았대요, 전설이지만. 김녕사굴이라는 용암 동굴에 사는 큰 구렁이가 마을 사람들을 괴롭혀 해마다 처녀를 제물로 바쳤는데, 이곳에 부임한 판관이 용감하게 싸워서 구렁이를 퇴치했다. 사굴 앞에는 그 판관을 기리는 비석도 있다."

"그렇게 바로바로 찾아볼 수 있다니 확실히 세상이 좋아지기는 했구나."

윤기는 웃으면서 말했지만 다시 뒷거울을 흘금거렸다. 자동차가 해안 도로에 접어들자 진주가 소리쳤다.

"와, 바다다!"

눈앞에 푸른 바다가 넘실거렸다. 겨울 파도는 도로를 집어삼킬

듯 거셌다. 진주는 겨울 바다를 보니 가슴이 뻥 뚫리는 듯했다. 신이 난 진주와 반대로 묵묵히 운전하던 윤기가 느닷없는 얘기를 꺼냈다.

"미로공원 가 볼래?"

윤기가 말하자마자 미로공원을 알리는 표지판이 나왔다. 윤기는 진주의 대답을 듣지도 않고 곧장 공원 주차장으로 차를 몰았다.

"사굴 가신다면서요?"

"이따 가지 뭐."

윤기가 차를 세우며 대답했다. 그러고는 내리지도 않은 채 뒷거울만 가만히 응시했다. 진주가 뒤를 돌아보려고 하자 심각한 목소리로 제지했다.

"돌아보지 마."

"왜요?"

놀라서 자신을 바라보는 진주를 아랑곳 않고 윤기가 뜬금없는 질문을 던졌다.

"너, 미로 빠져나가는 방법 아니?"

"그럼요, 한쪽 벽만 따라가면 되잖아요."

"그러면 왔던 길을 되돌아가야 할 수도 있어서 시간이 많이 걸리지."

"더 좋은 방법 있어요?"

"가르쳐 줄게. 나가자."

차에서 내린 윤기는 매표소로 걸어가 표를 끊었다. 두 사람은 제주도 섬 모양으로 만들어진 미로공원 안에 들어갔다. 미로 안에는 3미터가 넘는 키 큰 나무들이 양옆에 촘촘히 늘어서 있었다. 평일이라 한산했는데 진주와 윤기를 뒤이어 곧장 공원으로 들어오는 사람들이 있었다. 진주가 힐끔 뒤돌아보니 검은 양복을 입고 검은 선글라스를 쓴 두 남자였다. 윤기도 뒤쪽을 흘긋하더니 진주에게 큰 소리로 물었다. 마치 그들에게 들리게 하려는 듯이.

"우리 미로 빠져나가기 해 볼까?"

윤기가 빠른 걸음으로 앞장서자 진주도 뒤따라갔다. 두 사내가 성큼성큼 따라오는 발소리가 들렸다. 윤기는 미로 속을 이리저리 빠르게 걸었다. 갑자기 그가 진주의 팔을 잡아끌며 구석으로 몸을 숨기더니 집게손가락을 입에 대고 조용히 하라는 신호를 했다. 진주의 가슴이 콩닥콩닥 뛰었다. 뭔가 심각한 일이 벌어지고 있는 게 틀림없다. 사내들은 다른 길로 갔는지 발소리가 점점 멀어졌다. 윤기는 다시 빠르게 미로를 헤쳐 나가며 속삭였다.

"한쪽 벽을 따라가다가 저렇게 삼면이 막힌 길은 안 가는 거야. 저런 길은 가더라도 되돌아 나오거든."

윤기가 한쪽 길을 가리켰다. 진주는 조용히 고개를 끄덕였다. 십 분 만에 미로를 빠져나왔다. 아무리 빨라도 이십 분은 족히 걸리고 한 시간이나 헤매는 사람들도 있다는데, 가히 최단 기록이라 할 만했다.

"잠깐만 있어 봐."

윤기는 미로 출구에서 주차장을 살피더니 차를 향해 성큼성큼 걸어갔다. 진주도 어깨에 멘 가방끈을 단단히 잡고서 따라갔다. 걸어가는 동안에도 계속해서 주위를 살핀 윤기는 재빨리 차에 올라탔다. 진주도 차에 올라 차창 밖을 빠끔히 내다보았다. 주차장을 빠져나가면서도 윤기는 계속해서 뒷거울을 쳐다보았다. 이윽고 도로를 내달리기 시작하자 갑자기 윤기가 웃음을 터뜨렸다.

"하하하, 지금쯤 미로에서 한참 헤매고 있을 거다. 나오려면 고생 좀 할걸."

진주는 아직도 무슨 영문인지 이해가 안 되어서 어리둥절했다.

"그놈들 머리 되게 나쁘게 생겼던데, 빠져나오려면 한 시간은 걸릴 거다."

윤기는 머리까지 뒤로 젖히며 유쾌하게 웃었다. 진주가 눈을 동그랗게 뜨고 물었다.

"샘, 그 사람들 누구예요?"

"글쎄다, 실은 나도 어리둥절해. 너 많이 놀랐지?"

"조금요. 우리를 쫓아온 건 맞아요?"

"그것도 모르겠어. 서귀포에서부터 계속 따라오던데 도대체 무슨 일인지……."

윤기의 머릿속이 분주하게 움직였다. 강정 마을 입구에서 검은색 승용차를 봤을 때만 해도 자신들처럼 길을 잘못 들었으려니 했다. 하지만 그 차는 서귀포를 지나서도 계속 따라왔고 복잡한 시내에서도 윤기의 차를 놓치지 않고 뒤따랐다. 미로공원까지 따라오는 것을 보니 의심할 여지가 없었다.

"샘, 이제 괜찮을까요?"

진주가 걱정스런 표정으로 뒤를 돌아보았다. 윤기도 뒷거울을 보며 말했다.

"우선은 따돌렸으니까. 우리가 착각한 건지도 모르고. 혹시 모르니까 너도 혼자 있지 말고 나하고 같이 다니자."

진주가 가만히 고개를 끄덕였다.

"어? 지나칠 뻔했잖아. 폐쇄된 굴이라 그런가, 표시도 없네."

윤기가 급히 차를 세우고 후진했다. 건너편 길가에 '김녕사굴'이라 쓰인 작은 안내판이 보였다. 윤기는 차를 사굴 반대쪽 숲으로 몰아서 수풀 뒤에 세웠다. 이러면 길에서는 보이지 않을 터이다. 차에서 내려 사굴로 가는 길에 팻말 하나와 마주쳤다. 진주가 휴대전화로 찾은 것과 같은 내용이 적혀 있었다. 몇 걸음 떨어진 곳에 구렁이를 물리친 판관을 기리는 '서린판관 사적비'도 있었다. 비석 옆으로 난 오솔길을 나아가자 철조망이 보였다. 진주가 철조망 너머를 가리켰다.

"저기가 입구인가 봐요."

윤기가 철조망을 잡고서 입구를 보며 한마디 했다.

"으스스하네."

진주도 시커먼 동굴 입구를 보자 오싹해졌다. 포효하는 짐승처럼 아가리를 쫙 벌리고 있는 굴속에는 전설의 큰 구렁이가 살고 있을 것만 같았다. 철조망의 문에는 자물쇠가 채워져 있었다. 윤기가 문을 잡고 흔들어 보는데 갑자기 발소리가 들렸다. 윤기와 진주 모두 몸을 움칠하며 소리가 나는 쪽을 바라보았다. 한 남자가 오솔길에서 걸어 나왔다. 목이 굵고 다부진 체격이었다. 남자가 윤기를 위아래로 한 번 훑어보고는 물었다.

"박물관에서 나왔소?"

"아, 예……."

윤기가 어정쩡하게 대답했지만 남자는 얼굴을 환하게 피며 말했다.

"발굴 작업하쇼? 장 학예사는요?"

"장우형 학예사를 아세요?"

"그럼요. 여름엔 천막까지 치고서 사굴에서 살다시피 했는데, 우리 집에 묵기도 했수다. 장 학예사는 서귀포에 사니까."

"최근에는 오지 않았나요?"

"서울 간 다음에는 못 봤수다. 왔다면 날 꼭 만나고 갔을 건데. 서울에서 바쁘지 않겠소?"

이런 곳에서 우형과 아는 사람을 만나다니 뜻밖의 수확이었다. 윤기는 안경을 고쳐 쓰며 또 물었다.

"사굴 발굴은 그동안 안 했나요? 아무도 안 왔어요?"

"그렇지요. 박물관 사람들도 죄 철수했는데 누가 오겠소?"

"예…… 저 안은 어떻게 생겼나요?"

윤기가 철조망 안을 들여다보며 물었다.

"그냥 굴입니다. 아무것도 없수다. 파헤쳐 봐야 구렁이만 나오게 생겼던데 박물관 사람들도 참 이상하지. 근데 왜 그러쇼?"

남자가 눈을 슴벅거리며 윤기를 쳐다보았다. 그의 순박한 표정을 보니 캐물어도 소용없겠다는 생각이 들었다.

"서울에서 왔는데 한번 들러 본 겁니다……."

"그럼 잘됐네. 꿀 좀 가져갑서예."

남자가 윤기의 손을 덥석 잡고 끌어당겼다. 손바닥이 두툼했다.

"장 학예사한테 좀 갖다 줍서. 서울 갈 때 꿀도 못 췄는데 참말로 잘됐네."

윤기는 그의 손에 이끌려 오솔길로 걸어갔다. 진주도 윤기를 따랐다. 오솔길을 벗어나자 낮은 돌담 뒤로 아담한 가옥이 보였다.

"들어옵서예."

남자는 집 안으로 들어가더니 보자기로 싼 단지를 들고나왔다. 그가 손에 든 것을 내밀며 말했다.

"고 씨가 주더라고 합서. 사굴 앞에 사는 양봉업자 고영철이라고 하면 알 거요."

윤기는 꾸러미를 받아 들고 오솔길을 걸어 나왔다. 길을 걸으며 진주가 말했다.

"저 아저씨, 샘 친구분과 친한가 봐요."

"그런가 보네. 굴속을 좀 보여 달라고 할 걸 그랬나."

갑자기 나타난 고영철에게 우형에 대해 물어보느라 정작 사굴을 살펴보는 것을 잊었다. 진주가 몸을 떨며 고개를 저었다.

"에이, 굴속에 들어간다고요? 전 싫어요. 정말로 구렁이가 나오게 생겼던데요."

"하긴 문도 잠겨 있으니. 그나마 우형이 아는 사람을 만났으니 온 보람이 있긴 하네. 이 꿀을 꼭 전해 줘야 할 텐데……."

밖에서만 봐도 별다른 유물도 나오지 않은 폐쇄된 굴임을 한눈에 알 수 있었다. 그런데 우형은 왜 굳이 수첩에 사굴이라는 단어를 적어 놓았을까? 아무래도 사굴 주변을 좀 더 살펴보고 가야겠다는 생각이 들었다. 윤기의 걸음이 빨라졌다.

"샘, 저 사람들요……."

진주가 갑자기 멈춰 서며 손가락으로 사굴 쪽을 가리켰다. 사굴 앞에 건장한 남자들이 서 있었다. 미로공원에서 뒤쫓아 오던 자들과 인상착의가 비슷한 남자들도 있었다. 윤기와 진주는 재빨리 수풀에 숨어서 남자들을 지켜보았다. 철조망 문이 열리고 누군가 굴속으로 들어갔다. 그리고 또 한 사람이 뒤따라 들어갔다. 두 사람은 이내 컴컴한 굴속으로 사라져 보이지 않았다. 검은 선글라스를 쓴 사내들이 철조망 앞에 버티고 서서 입구를 지켰다. 진주는 떨리는 가슴에 두 손을 얹고 윤기를 보았다. 윤기는 주변을 살피다가 수풀 뒤쪽을 가리키며 소리를 낮춰 말했다.

"저쪽으로 나가자."

두 사람은 우거진 수풀을 헤치고 나갔다. 윤기는 사굴을 좀 더 지켜보고 싶었지만 진주가 있어서 어쩔 수 없었다. 진주를 혹시 모를 위험에 빠뜨릴 수는 없는 노릇이다. 숲을 벗어나자 한 사람이 겨우 지나갈 만한 좁은 길이 나왔고, 그 길을 걸어가니 비로소 도로가 나왔다. 윤기와 진주는 수풀에 숨겨 둔 자동차까지 살그머니 다가가서 즉시 그곳을 떠났다.

구고현과 피타고라스의 정리

"직각삼각형에서 밑변의 제곱과 높이의 제곱을 더한 것은 빗변의 제곱과 같다."

'피타고라스의 정리'는 너무나 유명한 이론이라서 잘 알고 있을 거야. 피타고라스의 정리는 보통 다음과 같은 수식으로 나타내지.

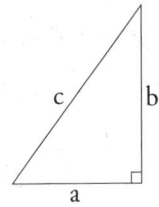

직각삼각형에서 직각을 낀 두 변의 길이를 각각 a, b라 하고, 빗변의 길이를 c라 하면,

$$a^2 + b^2 = c^2$$

피타고라스의 정리는 그리스의 유명한 수학자 피타고라스가 발견한 이론으로 알려져 있지만, 사실은 그 이전에도 중국과 이집트, 바빌로니아 지역에서 널리 이용되고 있었어.

특히 중국에서는 이 정리를 피타고라스보다 오백 년 전에 발견해서 사용했어. '구고현의 정리'라고 하는데 동양에서 가장 오래된 수학책인 『주비산경』에 그에 관한 내용이 나와. 직각삼각형에서 직각을 이루는 두 변 중 짧은 것을 '구', 긴 것을 '고', 빗변을 '현'이라 하고, 구가 3, 고가 4, 현이 5라면 구²+고²=현²이라고 했어. 어때, 피타고라스의 정리와 완전히 똑같은 내용이지?

『주비산경』에서는 구고현의 정리에 대한 수학적 증명을 수식이나 기하학적 설명으로 풀지 않고 하나의 그림으로만 나타냈어. 놀랍게도 이 그림이야말로 피타고라스의 정리를 증명하는 수많은 방법 중 가장 완벽하고 아름다운 것으로 세계 수학계에서 인정받고 있지.

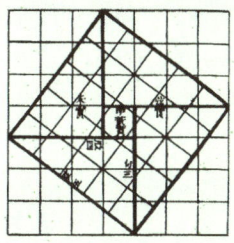

그림만 봐서는 어떻게 피타고라스의 정리를 증명하는지 잘 모르겠지? 이제 그 방법을 알려 줄게. 다음 그림과 수식으로 풀 수 있는데 교과서에도 나오는 가장 기본적인 증명법이야. 즉 정사각형 ABCD의 넓이는 그 안에 있는 하나의 정사각형과 정사각형 바깥의 직각삼각형 네 개의 넓이를 더한 값이라는 사실을 통해 증명하는 거야.

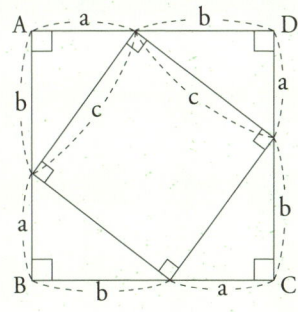

$$(a+b)^2 = c^2 + 4\left(a \times b \times \frac{1}{2}\right)$$

$$a^2 + 2ab + b^2 = c^2 + 2ab$$

$$\therefore a^2 + b^2 = c^2$$

그런데 이와 같은 이런 정리를 처음 발견한 게 피타고라스가 아니라고 얘기했지? 세계 여러 곳에서 사용되었음에도 왜 하필이면 피타고라스의 정리라고 부를까?

직각삼각형의 빗변과 다른 두 변 사이의 관계를 일반적인 식으로 나타내고, 모든 직각삼각형의 공통적인 성질이라는 사실을 피타고라스가 처음으로 증명했기 때문이야. 수학에서 증명을 도입했다는 점도 획기적인 업적으로 평가받고 있어.

피타고라스의 정리는 기하학 외 다른 수학 분야에도 큰 영향을 미쳤어. 대표적으로 직각삼각형의 세 변의 길이가 항상 정수일 수는 없다는 사실을 알게 됐지. 예를 들면 밑변과 높이의 길이가 1인 직각삼각형의 빗변의 길이는 $\sqrt{2}$라는 무리수가 되지. 비록 피타고라스는 무리수의 존재를 인정하지 않았다지만, 새로운 수의 발견이라는 큰 업적도 동시에 세운 거야. 이 덕에 수의 세계가 무리수를 포함한 실수의 세계로 더 넓어졌지.

4부

사건은 미궁 속으로

9차 마방진과 암호 숫자

    서울로 올라오자 윤기는 조급해졌다. 처음에는 우형에게 큰일이 일어났을 거라고 생각하지 않았다. 하지만 제주에서 정체불명의 사내들에게 쫓겼던 일을 생각하면 지금도 오싹했다. 그자들은 우형의 행적을 캐고 다니는 윤기를 위협하는 것이 분명했다. 검은 선글라스를 쓴 사내들과 사굴로 들어간 자들, 그리고 없어진 유물들……. 어쩌면 우형의 실종은 사사로운 것을 넘어서 엄중한 일일지도 모른다.

    며칠 내내 우형의 수첩에 있는 수수께끼들을 떨쳐 버리지 못했다. 제주에서의 일을 겪고 나니 가압장에 있던 수첩을 우연이라고 생각할 수 없었다. 중요한 암시가 숨겨져 있는 게 분명하다. 수첩을 다시 들여다보았다. 중화척의 시, 육각형과 17, 그리고 의미가 있어 보이는 숫자 220. 또한 우물 정자 모양으로 크게 그어 놓은 선까지. 우형이 자신에게 무언가 도움을 청하고 있다는 생각이 엄습해 왔다.

제주에서 돌아온 며칠 뒤, 윤기는 서둘러 진주의 집으로 향했다. 진주에게 맡긴 「세한도」 액자를 보기 위해서였다. 전에 형사를 만난 일도 있으니 가압장보다 진주의 집이 나을 듯했다.

우형이 맡긴 액자를 처음 열어 본 순간, 안전하게 두어야만 할 것 같다는 생각이 막연하게 들었다. 갑자기 찾아온 조 형사 때문에 엉겁결에 그런 면도 있지만, 그래서 액자를 진주에게 준 것이다.

가압장 가는 길과 다른 길을 통해서 언덕을 걸어 올라가니 대문 앞에 진주가 나와 있었다. 진주의 고모는 시장에 나가고 집에는 아무도 없었다. 진주가 방에서 「세한도」 액자를 들고 나왔다. 윤기는 액자를 마룻바닥에 뒤집어 놓고서 뒷면을 열었다. 그림의 뒷면과 액자 사이에 종이가 한 장 끼워져 있었다. 손바닥만 한 종이에는 한글 자음과 모음이 무작위로 배열되어 있었다. 진주의 눈이 휘둥그레졌다.

"이게 뭐예요?"

"아마, 암호."

윤기가 종이를 집어 들며 대답했다. 액자를 안전하게 보관해야 겠다고 생각한 가장 큰 원인은 이 종이였다. 무심코 액자를 열어

우형이 숨겨 두었던 한글 자모표

보았다가 발견한 수수께끼. 우형이 넣어 둔 암호인 것이 분명해 보였지만 당장은 풀 방법이 없어 진주에게 맡긴 것이다. 윤기는 바닥에 앉아서 암호를 보았다. 진주는 의문과 호기심이 가득한 눈으로 윤기를 보았다.

"암호요?"

"9행 9열로 배열되었지. 이 마방진˚처럼."

윤기가 점퍼 안주머니에서 종이 한 장을 꺼내 펼쳤다. 종이에는

● 마방진 자연수를 정사각형 모양으로 나열하여 가로, 세로, 대각선에 배열된 수들의 합이 전부 같도록 만든 것. n차 마방진에는 1부터 n^2까지의 연속된 자연수를 배열한다.

숫자들이 쓰여 있는데 역시 9행 9열이다. 진주도 윤기 옆에 쭈그리고 앉아 종이를 보았다.

"아, 마방진이라면 알아요. 학교에서 선생님이 수수께끼로 낸 적이 있어요. 이건 아홉 줄짜리네요."

"그래, 최석정이 만든 9차 마방진이야. 조선 숙종 때 영의정까지 지낸 수학자인데 『구수략』이라는 수학책을 썼어. 이 마방진이 바로 『구수략』에 나온 거고."

"영의정까지 지냈는데 수학자였다니 신기하네요. 그러면 이 마방진에는…… 1부터 81까지 숫자를 채우는 거 맞지요?"

"그래, 1부터 81까지 배열한 각 열과 행, 대각선의 합이 모두 369야. 그리고 이 마방진 안에는 아홉 개의 3차 마방진이 들어 있는 셈인데 마찬가지로 각 열과 행, 대각선의 합이 123이지."

"아, 123 곱하기 3은 369잖아요. 신기하네요."

"마법 같지? 그래서 옛날에는 마방진을 부적처럼 지니고 다녔대. 과거를 준비하던 양반들은 방에 붙여 놓고 공부하기도 했고."

"예, 그런 말 들었어요. 화재나 홍수를 막아 준다고도 믿었다면서요. 참, 그러고 보니 이 집도 369번지인데."

"여기 주소가 369번지라고?"

"예, 이 근처는 다 369번지예요. 여긴 25호고요. 가압장은 11호인가 그럴걸요."

"그래……."

"샘, 근데 이 마방진이 암호를 푸는 데 필요한 거예요?"

"어, 맞아. 아마 이건 마방진을 이용한 치환 암호일 거야."

"치환? 서로 바꾸어 놓는 거요?"

"맞아, 치환 암호는 전쟁 때 부대 간 연락을 위해 처음 사용됐는데, 문자의 순서를 바꾸거나 다른 문자로 바꿔 쓴 암호야. 로마의 카이사르가 암살당하기 전에 보냈다는 유명한 암호문 알지? 브루투스를 믿지 마라! 그것도 알파벳 순서를 바꾼 암호였어."

"그럼 이 암호문은 한글과 숫자를 서로 맞추는 거예요?"

"그럴 거야. 가압장에서 찾은 수첩에 가로세로로 줄이 그어져 있던 거 기억나니?"

"예, 기억나요. 우물 정 자를 크게 쓴 거요?"

"그래, 나도 처음에는 그게 우물을 뜻하는 줄 알았지. 대정에서 단서를 찾으라는 뜻이라고 생각했어. 그런데 동시에 9차 마방진에 대한 단서이기도 했던 거야."

"아! 그럴 거라고는 생각도 못 했어요. 샘, 그럼 이 암호문을 풀수 있어요?"

진주는 얼른 풀어 보라는 듯 윤기를 보챘다. 윤기도 암호와 마방진을 번갈아 보더니 상기된 표정으로 심호흡했다.

"자, 이제 풀어 볼까."

"어서 해 보세요. 자음과 모음을 마방진 숫자로 바꾸나요?"

진주의 물음에 윤기가 고개를 저었다.

"아니, 그것만 가지고는 풀 수 없어. 문장이 만들어지지는 않거든. 해법은 구고현의 수를 뽑아서 연결하는 거야."

"제주에서 얘기하셨던 그 구고현이요?"

"맞아, 여기를 봐."

윤기가 「세한도」의 뒷면 구석을 가리켰다. 귀퉁이에 연필로 적은 숫자가 보였다. 윤기도 처음 보았을 때는 별 의미 없는 숫자인 줄 알았다. 하지만 대정 우물에 우형이 세워 둔 자를 보고 깨달았다. 우형이 해시계로 주비를 암시한 이유는 구고현의 숫자를 이용하라는 뜻이 아닐까.

"510131729394161."

진주가 숫자를 소리 내어 읽자, 윤기가 읽는 법을 바꿔서 불렀다.

"5, 10, 13, 17, 29, 39, 41, 61. 이 수들은 구고현의 '현'을 나타내고 있어."

"현이라면 직각삼각형의 빗변 맞죠?"

진주는 김녕사굴로 가면서 들었던 구고현의 정리를 떠올렸다.

"그래, 5는 각 변이 3, 4, 5인 직각삼각형의 현이지. 10은 6, 8, 10에서, 13은 5, 12, 13에서……."

"아하, 그러니까 5의 제곱과 12의 제곱을 더하면 13의 제곱이 된다는 거죠?"

"바로 피타고라스의 수를 말하는 거지."

"그럼 17은…… 8, 15, 17이죠? 8의 제곱과 15의 제곱을 더하면

17의 제곱, 맞죠?"

"맞아, 암산이 빠르네?"

"헤헤, 여기까지가 한계예요. 29, 39는요?"

"20, 21, 29 그리고 15, 36, 39. 그다음은 9, 40, 41. 마지막으로 11, 60, 61."

"와, 그러면 구고현의 수인 건 알았고, 그다음은요?"

"먼저 9차 마방진을 풀고, 그중 구고현의 수를 이 한글 자모표에서 같은 위치에 있는 문자로 치환하면 암호가 풀릴 거야."

"제가 불러 드릴게요. 첫째 줄부터요. 50, 18, 55, 70, 5, 48……."

진주는 9차 마방진의 숫자를 또박또박 불렀다. 윤기는 진주가 불러 주는 숫자들을 우형이 남긴 한글 자모표에 표시했다. 숫자를 다 표시한 윤기가 안경을 고쳐 쓰며 암호문을 보았다.

"음, 이제 구고현의 수를 뽑아 보자. 먼저 3, 4, 5부터. 3이 어디 있지?"

"여기요. 시옷(ㅅ)이에요."

진주가 재빠르게 첫 행에서 3을 찾아냈다.

"그다음 4는 '에(ㅔ)'. 5는 히읗(ㅎ). 그리고 6, 8, 10은……."

"샘, 5, 12, 13에서 5가 또 나와요. 모음이 나와야 되는데 이러면 글자가 안 만들어져요."

"그래? 그럼 그런 식으로 중복되는 수는 빼자. 다음 12는 오(ㅗ)……."

우형이 숨겨 두었던 한글 자모표

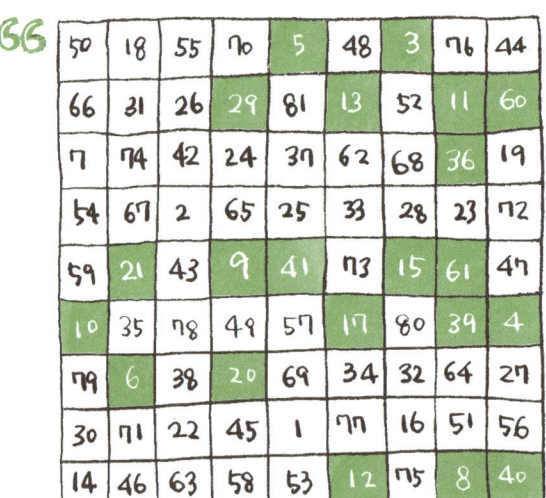

최석정의 9차 마방진과 그 안에 있는 구고현의 수

"세, 한, 도. 「세한도」예요."

진주가 재빨리 글자를 읽어 내고는 손뼉을 쳤다. 윤기도 흥분을 감추지 않았다.

"역시 「세한도」였어."

"얼른 그다음도 해 봐요. 13은 '니은(ㄴ)', 8이 또 나오는데요. 이것도 빼야겠어요."

진주와 윤기는 구고현의 숫자에 해당하는 문자를 찾아 단어를 만들어 갔다. 윤기가 마지막 수 61에 해당하는 모음 아(ㅏ)를 쓰자 진주가 소리 내어 한 글자씩 읽었다.

"세, 한, 도, 는, 유, 재, 에, 있, 다."

"「세한도」는 유재에 있다?"

윤기의 눈빛이 번뜩였다.

"「세한도」가…… 유재에 있다?"

"유재라면 추사관에서 본 그 액자 아니에요?"

진주는 제주 추사관에서 본 탁본이 생각났다. 윤기는 미간을 찌푸리며 당시의 일을 떠올렸다.

"액자를 누군가에게 주었다고 했는데……."

원래 걸려 있었던 액자, 추사가 제자 남병길에게 써 준 현판 원본의 탁본은 현태균이 일본에서 온 손님에게 주었다고 했다.

"그렇다면 그 액자에 「세한도」가……."

윤기는 말을 잇지 못했다. 생각을 가다듬어 보았다. 유재 액자

안에 설마 국립중앙박물관에 있어야 하는 「세한도」 진품이 있다는 말인가. 어떤 경로인지는 모르지만 우형은 제주 추사관의 유재 탁본 액자 속에 「세한도」 진품이 숨겨져 있다는 사실을 알아낸 것이다. 그렇다면 지금 중앙박물관에 있는 「세한도」는 가짜란 말인가. 도대체 누가 무슨 목적으로 「세한도」를 빼돌렸단 말인가. 우형의 암호는 너무나 충격적인 사실을 전해 주었다.

윤기는 비로소 우형이 실종된 이유를 짐작할 수 있었다. 하지만 누가 그런 짓을 했는지, 우형이 지금 어디 있는지는 여전히 불명이었다. 「세한도」 정도의 국보가 걸린 일이라면 우형 또한 큰 위험에 처했을지도 모른다.

현태균 교수는 알고 있을까? 윤기는 고개를 저었다. 현태균이 그럴 리 없다. 하지만 그가 일본에서 온 손님에게 액자를 넘겨주었다지 않은가. 그렇다면 그도 관계있는 것일까? 윤기는 머릿속이 혼란스러웠다. 현태균을 만나 확인해야 했다. 관계가 있든 없든 우형의 소재를 파악하는 데 도움은 될 것이다.

윤기는 암호를 제자리에 넣고 액자를 닫으며 말했다.

"진주야, 이거 다시 너한테 맡겨야겠다."

일어서던 윤기가 순간 멈칫했다. 주머니에서 우형의 수첩을 다시 꺼내고는 진주에게 물었다.

"여기가 369번지라고?"

9차 마방진의 행과 열, 대각선의 합은 369, 그리고 가압장의 주소 역시 369번지이다. 그렇다면……. 윤기는 수첩을 펼쳐 육각형이 그려진 페이지를 보았다.

"지수귀문도! 이 육각형은 아무래도 최석정의 마방진 중에 지수귀문도를 의미하는 것 같아. 그 마방진이 육각형 모양인데."

"이것도 마방진이라고요?"

"육각형 아홉 개를 서로 맞대서 거북의 등딱지 모양으로 배열한 마방진이야."

"이번에는 무슨 암호일까요?"

"예전에 저쪽 봉산 아랫동네를 거북골이라고 불렀는데……."

"봉산이라면 뒷산 말씀이세요?"

"응, 그쪽 동네를 옛날에는 거북골이라고 불렀어. 동네 모양이 꼭 거북이 등딱지 같다고 해서……."

아까시나무 꽃잎이 눈처럼 날릴 때 진주는 처음 뒷산을 넘어가 보았다. 꽃잎이 소복이 쌓인 길을 걸어서 내려가니 동네가 나왔고 약수터와 절도 있었다.

"그래, 산자락에 절이 하나 있었지. 수…… 뭐더라?"

"수정사예요"

"맞아, 수정사. 너도 거기 가 봤니?"

"예, 몇 번 가 봤어요. 거기가 거북골이구나."

윤기는 어릴 때 친구들과 거북골에 자주 갔었다. 봉산 정상에 올랐다가 거북골 약수터로 내려가 물을 마시곤 했다. 자그마한 법당 앞을 기웃거리며 뛰어놀기도 했다.

"샘, 그러면 육각형 옆에 있는 숫자는 뭐예요? 17인데요."

"번지수 아닐까?"

윤기는 수첩을 들여다보며 말했다. 육각형이 거북골을 의미한 다면 숫자는 번지수일 게 뻔해 보였다.

"17번지요?"

진주는 휴대 전화로 봉산 일대의 지도를 찾아보았다.

"그런데 샘, 수정사 근처는 구산동이 아니네요. 귀동이에요."

"거북골을 귀동이라고 했나 보네. 귀동 17번지를 찾아볼래?"

주소를 검색하던 진주가 고개를 갸우뚱했다.

"귀동에는 17번지가 없는데요."

"그래? 음……."

윤기는 턱을 괴고 이맛살을 찌푸리며 생각에 집중했다.

"음, 거북골이 분명할 텐데……."

"혹시 주소가 바뀐 거 아닐까요?"

"잠깐, 하나만 더 찾아보자. 93번지는?"

"93번지요?"

진주는 윤기가 말한 주소를 다시 검색해 봤다.

"있어요, 93번지. 절 근처네요. 그런데 수십 호나 있어요."

"그러면…… 17호? 귀동 93번지 17호 있니?"

"예, 있어요."

"이제야 수수께끼가 풀렸구나."

"93번지는 어떻게 아신 거예요?"

"지수귀문도에서 각 육각형의 꼭짓점에 들어가는 숫자들의 합이 93이거든. 가압장 번지수와 9차 마방진의 한 행에 들어가는 숫자의 합이 같아서 혹시나 했는데, 역시 육각형은 귀동뿐 아니라 지수귀문도에 들어가는 숫자들의 합도 의미하는 거였어."

"그렇구나. 샘 친구분은 마방진에 통달하셨나 봐요."

"그러게."

진주는 은근히 마방진에 끌렸다. 마방진을 이용해서 암호 일기

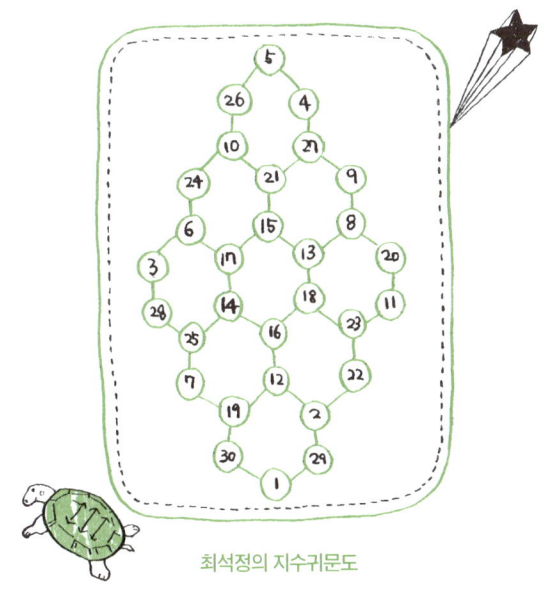

최석정의 지수귀문도

를 써 볼까. 일기장을 꽁꽁 숨길 필요도 없어질 텐데. 슬그머니 웃음도 났다. 암호 일기를 쓴다면 고모는 못 읽어서 얼마나 애를 태울까. 진주가 문득 무언가를 떠올리고 윤기에게 물었다.

"참, 수첩에 220도 적혀 있잖아요. 그건 무슨 수예요?"

"글쎄……."

"이것도 뭔가 마방진이나 피타고라스하고 관계있는 거 아닐까요? 샘 친구분은 정말 수수께끼를 좋아하셨나 봐요. 끝도 없이 수수께끼가 나오잖아요."

"피타고라스…… 친구…… 친화수?"

"친화수? 숫자도 친구가 있어요?"

"피타고라스가 한 말인데, 친구란 무엇인가 하는 물음에 220과 284라고 대답했대."

"220하고 284가 무슨 관계길래요?"

"그 답은 나누어떨어지는 수, 바로 약수에 있어. 284의 약수 중에서 284를 제외한 1, 2, 4, 71, 142를 더하면 220이 되고, 마찬가지로 220의 약수에서 220을 제외한 수를 더하면 284가 되거든. 이렇게 자신을 제외한 약수의 합이 상대방과 같은 두 수를 친화수라고 해."

"그런 관계에서 우정을 찾아내다니, 수학자들도 진짜 특이하네요."

"피타고라스학파 사람들은 우정이 변치 않기를 바라는 마음에 친화수를 적어서 나누어 갖기도 했대."

"그림을 제자에게 준 추사도 그렇고, 옛날 사람들이 요즘 사람들보다 훨씬 낭만적인 거 같아요."

윤기가 빙그레 미소를 지었다. 친화수와 「세한도」를 생각하니 우형이 간절히 보고 싶어졌다. 제발 그가 무사하기를 빌었다.

"그럼 샘, 지금 찾은 주소에도 뭔가 있을까요?"

"글쎄…… 가 봐야 알겠지."

우형이 수첩에 남긴 수수께끼 중에는 아직도 풀지 못한 것이 몇 개나 있다. 수수께끼를 몇 가지 풀기는 했지만 명확하게 드러난 사실은 하나도 없는 셈이나 마찬가지였다. 거북골 93번지는 왜 알려준 것일까. 그곳에 과연 무엇이 있단 말인가.

윤기는 진주의 집을 나와 거북골을 찾아갔다. 아파트와 연립 주택이 산자락까지 들어선 탓에 거북골 주변은 옛 모습을 찾아볼 수 없었다. 수정사와 약수터는 주택가 한복판에 자리하고 있었다.

귀동 93번지 17호는 뜻밖에도 어릴 적 친구 한희수의 화실이었다. 어렸을 적에 희수, 우형과 함께 봉산 자락을 누비며 놀았던 기억이 떠올랐다. 중학교에 입학하면서 그녀와 떨어졌고, 우형 또한 지방으로 전학을 갔다. 동양화를 전공한 희수는 대학원에서 우형을 다시 만났다고 했다. 우형이 제주에 있어서 자주 만나지는 못했고 이따금 소식만 주고받았다는 것이다.

희수는 우형의 실종을 모르고 있었다. 한데 열흘 전쯤에 우형이 뜬금없이 찾아와서는 손가방을 맡겨 놓았다고 했다. 두 사람은 우형이 맡긴 손가방을 열어 보았다. 가방 속에는 노트 한 권이 들어 있었고, 노트에는 플라스틱 카드와 명함이 끼워져 있었다. 명함에는 '대여 금고 업체 세이프'라고 적혀 있었다.

윤기는 곧장 용산에 위치한 그 대여 금고 업체를 찾아갔다. 건물 1층은 단순한 물품 보관업을 하고 있고, 명함에 적힌 대여 금고실은 2층이었다. 2층으로 올라가니 금고실 앞에 한 여직원이 앉아 있었다.

"어서 오세요. 금고실에 들어가실 건가요?"

"예, 저…… 본인이 아닌데도 들어갈 수 있나요?"

"카드만 있으면 괜찮습니다. 신분 확인은 안 합니다. 물건을 맡기는 사람도, 찾는 사람도요."

여직원은 의미 있어 보이는 웃음을 지었다. 그리고 문을 가리키며 말했다.

"카드를 대시면 문이 열립니다."

"아, 예."

윤기가 하동지동 주머니에서 카드를 꺼내 문에 갖다 댔다. 불이 깜박이더니 문이 스르륵 열렸다. 금고실 벽면은 사물함처럼 생긴 금고들로 꽉 차 있었고, 방 한가운데에 탁자와 의자가 놓여 있었다. 윤기는 잠시 금고들을 둘러보다가 오른편으로 걸어갔다. 한 금고 앞에 섰다. 220번. 수첩에 적혀 있던 숫자다. 윤기는 천천히 심호흡을 하고, 금고에 붙은 설명대로 카드를 갖다 댔다. 띠릭띠릭 띠릭띠릭. 척 들어도 카드가 맞지 않는다는 경고음이 울렸다.

'220이 아니야? 그럼?'

윤기는 난감한 표정으로 금고들을 둘러보았다. 한 번호에 눈이 꽂혔다. 잠금 장치에 카드를 댔다. 띠리릭. 경쾌한 소리가 울리며 숫자판이 나타났다. 안도의 한숨이 절로 나왔다. 금고 번호는 220이 아니라 220의 친화수인 284였다. 친화수에 대한 자신의 추리가 틀리지 않아 다행이었다.

이번에는 비밀번호를 눌러야만 했다. 예상했던 일이다. 떠오르는 것은 220과 284인데, 둘 다 이미 써 버려서 비밀번호로 사용할 수는 없을 것이다. 다른 숫자를 입력해야 하는데…… 곰곰이 생각하던 윤기는 이윽고 천천히 숫자를 누르기 시작했다. 1, 2, 4, 7, 1, 1, 4, 2. 여덟 개의 숫자를 누르고 심호흡을 크게 한 다음 확인 단추를 눌렀다.

찰칵. 금고가 경쾌한 소리를 냈다. 저도 모르게 입꼬리가 씩 올라갔다. 윤기의 예측은 빗나가지 않았다. 그보다는 우형의 예측이 맞은 셈이다. 우형은 윤기에게 맞춤한 암호를 정해 놓았다. 1, 2, 4, 71, 142는 284의 약수이며 합이 220이다. 우형은 금고 번호를 수첩에 적은 220의 친화수인 284로 하고, 비밀번호를 284의 약수들로 해 놓은 것이다.

윤기는 금고 문을 슬쩍 열었다. 안을 보니 탄성이 나왔다.

"아! 이건……."

놀랍게도 50센티미터쯤 되는 자가 놓여 있었다. 윤기는 자를 꺼내 들며 중얼거렸다.

"척중화, 중화척……."

'척중화'란 한자가 선명히 보였다. 은입사를 한 글자들은 거멓게 변색되었지만 분명하게 알아볼 수 있었다. 중화척 외에 비닐 봉투도 있는데, 누렇게 빛바랜 한지가 고이 접혀서 들어 있었다. 종이를 펼쳐 보니 한자가 빼곡히 적혀 있었다.

추사 유배지에서 나왔다는 유물이 떠올랐다. 분명 현태균은 유배지에서 발굴된 중화척과 추사 편지가 사라졌다고 했다. 금고 바닥에는 종이가 한 장 더 있었다. '유실 유물'이라는 제목 아래에 이십여 개의 유물 번호와 유물명, 소장 박물관이 적혀 있었다.

윤기는 금고에서 꺼낸 것들을 탁자 위에 놓고서 의자에 앉았다. 우형은 어떻게 이 유물들을 손에 넣었을까. 그리고 유실 유물이란 무엇일까. 중화척처럼 박물관에서 없어진 것들일까. 이 물건들도 우형의 실종과 관련이 있단 말인가. 우형은 「세한도」의 비밀도 알고 있었다. 윤기는 제주도에서 자신들을 미행하던 남자들과 사굴 안으로 들어가던 수상한 자들을 떠올렸다.

금고 안의 물건은 분명 귀중한 것들이지만 우형을 찾기 위한 단서는 아니었다. 다시 머릿속이 혼란스러워졌다. 탁자에 팔을 얹고 두 손으로 머리를 감싼 채 생각을 가다듬었다. 금고의 유물을 경찰에 넘기고 싶지만 우형이 훔친 것으로 오해할까 걱정되었다. 물론 우형이 그럴 리가 없다. 친구를 믿었다.

똑똑. 노크 소리에 정신을 차렸다. 한참 동안 나오지 않는 윤기를 이상하게 여긴 직원이 문을 두드렸다. 윤기는 물건들을 다시 금고에 넣었다. 금고가 잠기는 소리가 들렸다. 일단 우형의 실종에 대한 단서를 찾아야 한다. 금고의 물건을 경찰에 넘기는 것은 그다음이다. 금고실을 나오며 윤기는 현태균을 속히 만나야겠다고 생각했다. 제주 추사 유배지에서 발굴된 유물, "「세한도」는 유재에 있다."라는 우형의 메시지, 이 모든 것에 현태균이 아무 상관 없지는 않을 것이다.

점점 의문이 쌓여 갔다. 사라진 것은 우형뿐만이 아니었다. 유재 액자 속 「세한도」라는 문제에, 이제는 금고 안의 유물들까지 가세했다. 윤기는 무엇부터 어떻게 처리해야 할지 도통 갈피가 잡히지 않았다. 수수께끼를 풀면 풀수록 점점 더 미궁 속으로 빠져드는 것만 같았다.

구고현의 비밀과 또 다른 실종

진주는 거실에서 하릴없이 텔레비전을 보고 있었다. 날씨가 너무 추워서 가압장에는 있을 수 없었다. 제주에서 돌아오자마자 가압장에 들러 보기는 했지만 그림을 그리는 것은 엄두도 못 냈다. 잠시만 앉아 있어도 온몸이 떨리고 손가락이 곱아들었다. 올겨울 최고의 한파라며 방송에서도 연일 뉴스를 내보냈다.

텔레비전을 물끄러미 보다가 문득 거북골이 떠올랐다. 어제 나윤기 샘은 거북골에 갔을까. 그 뒤에는 어떻게 되었을까. 진주도 거북골에 따라가고 싶었지만 괜히 꾸지람만 들었다. 나윤기는 제주에서 쫓겼던 일을 잊었느냐며 진주를 제지할 뿐만 아니라 당분간은 가압장도 가지 말고 되도록 혼자 다니지도 말라고 했다. 자칫하면 진주까지도 위험한 일에 휘말릴 수 있다는 것이다. 진주도 미행당했던 일을 생각하면 오싹했기에 얌전히 말을 들었지만 과연 윤기가 거북골에서 실종된 친구를 만났을지 궁금했다. 그리고 「세한도」는 어떻게 되었을까. 진주의 궁금증은 점점 커져만 갔다.

무료해진 진주는 리모컨을 들고 텔레비전 채널을 이리저리 돌렸다. 집에만 있었더니 좀이 쑤셨다. 채널을 돌리던 진주의 손가락이 갑자기 멈췄다. 낯익은 얼굴이 화면에 나오고 있었다. 진주는 눈을 크게 떴다.

"어? 저 사람은……."

화면에는 제주도에서 보았던 현태균 교수의 얼굴이 나오고 있었다. 진주는 텔레비전 가까이 다가갔다. 진주의 눈과 귀가 화면에 빨려 들 듯이 쏠렸다. 아나운서는 놀라운 뉴스를 전했다.

제주 추사관 현태균 학예실장 사무실에서 숨진 채 발견. 경찰에서는 타살로 추정 중. 진주는 깜짝 놀라 손바닥으로 입을 가렸다. 얼마 전 제주에서 보았던 호방하고 서글서글한 현태균의 모습이 떠올랐다. 경찰은 용의자를 찾고 있는 중이라고 했다. 화면은 곧 다음 뉴스로 넘어갔다.

"나윤기 샘……."

진주는 나윤기와 풀었던 암호문이 떠올랐다. "「세한도」는 유재에 있다." 현태균은 분명 유재 탁본 액자를 누군가에게 주었다고 했다. 그 때문에 나윤기가 추사관에 갔을지도 모르겠다는 생각이 들었다. 샘은 괜찮을까.

　진주가 뉴스를 보며 걱정하고 있을 때, 윤기는 용산으로 향하고 있었다. 어제 갔던 금고에서 물건을 꺼내기 위해서였다. 하룻밤 사이에 서울과 제주를 오가느라 몸은 피곤했지만 정신은 말짱히 깨어 있었다. 건물 앞에 주차를 하고서 차에서 내리려는데 전화벨이 울렸다. 조 형사에게서 걸려 온 전화였다. 무슨 소식이라도 있나 싶어 황급히 받았다.

　오늘 아침, 윤기는 제주발 비행기에서 내리자마자 조 형사에게 전화해 누군가의 소재를 파악해 달라고 부탁했다. 조 형사는 뜬금없이 무슨 소리냐며 의아해했지만 윤기의 설명과 간곡한 부탁에 마지못해 알겠다고 했었다. 행방을 알아냈을까. 하지만 부푼 기대와 달리 조 형사는 대뜸 윤기를 윽박질렀다.

　"나윤기 씨, 어제 제주 추사관에 갔죠?"

　"예, 그런데 어떻게……. 제 뒷조사도 하고 계시나요?"

　조 형사의 태도는 불쾌했지만 뒤이어 나온 말에 아연실색할 수밖에 없었다.

　"추사관에 난리가 났어요. 현태균 학예실장이 죽었어요. 실종된 장우형 씨의 스승이라면서요."

　"예?"

　윤기는 발걸음을 멈추고 그 자리에 우뚝 섰다. 휴대 전화 너머로 조 형사의 목소리가 윙윙거리며 울렸다.

"어제 현태균 실장이 추사관에서 살해당했다고요. 추사관 CCTV에 찍힌 게 나윤기 씨라고 직원들이 증언했답니다. 녹화 영상을 보니 확실하던데, 나윤기 씨 맞죠? 피살 추정 시간에 추사관에 출입한 사람이⋯⋯."

수화기에서 조 형사의 음성이 계속 흘러나왔지만 윤기는 정신이 혼미하여 잘 들리지 않았다. 너무나 뜻밖의 말을 들어서 얼빠진 사람처럼 그 자리에 서 있을 뿐이었다. 조 형사는 참고인 조사를 해야 하니 즉시 경찰서로 오라고 했다.

전화를 끊은 윤기는 건물 로비에 한참 동안 앉아 있었다. 현태균 교수가 죽었다니. 불과 하루도 채 안 된 어제 저녁에 추사관에서 그를 만나지 않았던가.

윤기는 밤늦게 제주 추사관에 도착했다. 직원들은 모두 퇴근한 시간이었고 캄캄한 전시실에는 정적이 감돌았다. 학예실장실로 들어가니 현태균이 책상 건너편에 앉아 있었다.

"대체 급한 일이란 게 뭐냐? 이렇게 늦은 시간에⋯⋯."

"유재 탁본을 누구에게 주었어요?"

윤기는 현태균에게 걸어가며 다짜고짜 물었다.

"그게 무슨 말이야? 유재 탁본은 갑자기 왜?"

"누구 주었냐고요!"

윤기가 책상을 주먹으로 내리치며 큰 소리로 다시 물었다. 현태균은 황급히 밖을 살피더니 윤기가 열어 놓은 문을 닫았다. 그는 눈썹을 실룩거리며 불쾌한 표정을 지었다.

"도대체 왜 이러는 거냐? 다짜고짜 이게 뭐 하는 짓이야?"

"재일 교포에게 줬다고 했죠? 그자 이름이 뭐예요?"

현태균은 대답 없이 책상 앞에 가서 섰다. 윤기가 한 걸음 그에게 다가갔다.

"이름이 뭐냐고요. 그자 정체가 뭡니까?"

"무슨 일 때문에 이러는 거냐?"

현태균은 미간을 찌푸리며 윤기의 눈을 쳐다보았다. 윤기가 왜 그자의 이름을 묻는 것일까.

"그 안에 「세한도」가 들어 있다는 거 알았어요?"

윤기는 두 손으로 책상을 짚고 현태균의 눈을 노려보았다.

"뭐? 「세한도」? 그게 무슨 말이야?"

"진품이 유재 탁본 액자에 들어 있다는데, 몰랐어요?"

"아니, 무슨 소리 하는 거야? 「세한도」는 국립중앙박물관에 있잖아. 그럴 리 없어."

현태균은 의자에 털썩 주저앉으며 손을 내저었다. 윤기가 그의 앞으로 몸을 숙였다.

"정말 모르세요?"

"그런 소리는 도대체 어디서 들은 거야? 액자엔 탁본만 있었어. 네가 잘못 안 거다."

현태균은 다시금 고개를 저었다. 윤기가 한층 더 다급하게 말을 쏟아 냈다.

"「세한도」가 거기 있대요. 우형이가 그런 메시지를 남겼어요. 그 것 때문에 실종된 게 분명해요. 우형이한테 무슨 일이 있을지 모른 다고요. 빨리 찾아야 해요."

"「세한도」? 그럴 리가? 구무라 아키토쓰, 휴우……."

현태균은 중얼거리다가 한숨을 내쉬었다.

"구무라 아키토쓰? 그자에게 액자를 줬어요?"

"으응? 그게……."

현태균의 머릿속이 분주하게 움직였다. 자신이 넘겨준 액자에 「세한도」가 들어 있다니. 도대체 누가 그 그림을 거기 넣었단 말 인가.

유재 액자를 가져간 재일 교포 구무라 아키토쓰는 유물 사냥꾼 으로 악명이 높은 자였다. 구무라의 꼬임에 비록 여러 유물을 빼돌 려 주긴 했지만 「세한도」는 아니다. 넘겨준 것들은 모두 중화척처 럼 그저 박물관 귀퉁이나 수장고에 파묻혀 있던 것들이다. 김녕사 굴에서 나온 유물들도 넘겨주었으나 주발대접 같은 하찮은 것들 뿐이어서 괴이찮게 여겼다.

"그자가 우형이를 납치한 거 아니에요? 교수님은 뭔가 알고 있 죠?"

윤기가 추궁을 멈추지 않았다. 현태균이 움찔하며 뒤로 물러났다. 그의 눈동자가 흔들리기 시작했다.

"무, 무슨 말이냐? 내가 뭘……."

"알고 있죠? 그렇죠?"

윤기의 표정이 돌변했다. 현태균은 입을 다물고 놀란 눈으로 윤기를 보기만 했다. 장우형이 실종된 이유를 이해할 수 없었는데 이제 의문이 풀리는 듯했다.

현태균은 추사 유배지에서 발굴한 중화척과 편지를 가져오라는 구무라의 말을 거역할 수 없어서 유물을 빼돌리려 시도하다 우형에게 들킬 뻔했다. 현태균은 구무라의 협박에 중앙박물관에 있던 중화척을 빼돌려 주었다.

그런데 얼마 뒤, 유배지에서 발굴된 중화척과 편지가 없어졌고 누구의 소행인지는 알 수 없었다. 그 일이 있은 뒤로 우형은 이것저것 조사하는 듯했고, 현태균은 제자를 보호하고 싶은 마음과 자신의 죄가 들킬까 두려운 마음에 우형을 서울로 보냈다. 그러면 우형이 유실 유물 조사에서 손을 뗄 줄 알았는데 아니었단 말인가.

처음에는 우형의 실종이 구무라와 관계없을 것이라고 믿었다. 구무라가 겨우 중화척과 편지 따위 유물 때문에 우형에게 무슨 짓을 했겠나 싶었다. 그런데 「세한도」가 연관될 줄이야. 국보급 유물이 걸려 있다면 우형을 해칠지도 몰랐다. 충분히 그럴 수 있는 놈들이다. 현태균은 구무라가 엄청난 일을 벌인 것에 기가 막혔다.

"우형이 지금 어디 있어요? 위험한 줄 알면서 그냥 있었어요?

우형이가 당신을 얼마나 믿고 따랐는데!"

윤기가 현태균에게 눈을 부라리며 소리를 질렀다. 현태균은 고개를 떨구고 천천히 입을 열었다.

"「세한도」는 정말 모르는 일이다. 만약 네 말대로 그 그림이 유재 액자에 들어 있었다고 해도, 이미 늦은 일이야. 모른 척해라. 나도 못 들은 거로 할 테니까."

"지금 「세한도」 얘기하는 게 아니잖아! 우형이 찾아내라니까!"

윤기는 절규하듯 소리쳤다. 현태균은 고개를 숙인 채 말했다.

"나도 우형이 찾아볼게. 알아볼 테니……."

"그냥 이러고 앉아 있으면 어떡해, 빨리 찾아야지! 그 구무라라는 놈이 우형이를 어떻게 한 건 아니지? 당신도 한패야?"

윤기는 현태균의 어깨를 잡고 흔들어 댔다. 현태균이 어깨를 잡힌 채 조용히 말했다.

"내가 우형이 찾아볼 테니까. 윤기야, 너는 제발 가만있어라. 안 그러면 너도 다친다."

윤기를 타이르는 현태균의 눈빛은 간절했다. 현태균도 구무라 일당의 무도함에 치가 떨렸지만 그만큼이나 두려움도 컸다. 윤기는 현태균의 어깨를 거칠게 놓더니 입을 비죽거렸다.

"흥, 그러고 보니 일본에 교수로 간다는 게 다 이유가 있었군요. 유물을 넘겨준 대가였나요?"

"나도 피치 못할 사정이 있었다. 아무려면 내가 우형이를 위험에 빠뜨렸겠어? 내가 우형이를 얼마나 생각하는지 너도 알잖아……."

"그딴 뻔뻔한 소리 그만하고! 구무라란 자는 어디 있어요? 그자를 빨리 찾아야 우형이도 찾죠, 예?"

윤기는 다시금 현태균을 다그쳤다. 현태균이 힘없이 말했다.

"나도 어디 있는지 몰라. 한국에 있는지 없는지……. 내가 알아볼 테니 너는 가만있어라."

"지금 무슨 소리 하는 거예요? 가만히 있으라니요! 우형이가 어떻게 됐는지도 모르는데 빨리 경찰에 신고해야지!"

현태균이 벽시계를 힐끗 올려다보았다. 그는 눈을 이리저리 굴리며 불안한 눈치였다.

"알았으니 그만 돌아가라. 나하고 여기서 이래 봐야 우형이 찾는 데 하나도 도움이 안 되잖니? 내가 우형이 찾아볼 테니 그만 가."

"좋아요, 당장 경찰에 신고할 테니 각오해요. 우형이 잘못되면 가만 안 둘 거야."

윤기는 거칠게 말을 내뱉고 문 쪽으로 돌아섰다. 현태균이 윤기의 팔을 황급히 잡았다.

"정문은 지금쯤 잠겼을 거다. 이쪽으로 나가라."

현태균은 윤기를 실장실 옆방으로 이끌었다. 고미술품들을 보관하는 수장고였다. 윤기는 수장고를 지나서 쪽문을 통해 추사관

밖으로 나왔다. 차를 타고 나서는데 추사관 쪽으로 들어가는 사람이 언뜻 보였다. 얼굴은 보이지 않았지만 다부진 덩치가 눈에 띄었다.

　윤기는 서울에 도착하자마자 구무라 아키토쓰라는 인물에 대해 알아보았다. 고미술품과 유물 수집가들 사이에서 유명한 재일 교포 사업가 구무라를 수소문하는 것은 어렵지 않았다. 하지만 그가 국내에 있는지까지는 알 수 없었다.

　그래서 아침 일찍 조 형사에게 전화를 걸어 구무라 아키토쓰의 거처와 출국 여부를 알아봐 달라고 부탁했다. 이유를 캐묻는 조 형사에게 증거품을 가지고 경찰서로 가겠노라고 했다. 구무라는 자가 국보급 유물을 빼돌리려 하고, 우형의 실종이 그 때문인 것 같다고도 말해 두었다.

　마지못해 알겠다고 한 조 형사가 움직여 줄지 의문이었지만 실상 윤기도 명확한 증거는 찾지 못했다. 「세한도」가 유재 탁본 액자 속에 있고, 구무라가 우형의 실종과 관련이 있다는 사실을 경찰에 증명할 수 있을까. 게다가 아침에 통화할 때만 해도 조 형사나 윤기나 현태균의 소식을 몰랐다. 윤기는 현태균이 하룻밤 새에 죽으리라고는 짐작조차 못 했다.

　윤기는 자리에서 일어나 천천히 걸음을 뗐다. 머릿속은 여전히 뒤죽박죽이었다. 현태균이 죽었다는 사실이 실감나지 않았고, 우형의 신변이 더욱 걱정되었다. 자신을 마치 용의자처럼 취급한 조 형사의 태도는 중요하지 않았다. 현태균이 살해될 만큼 다급한 상황이므로 즉시 경찰에 모든 일을 알려야 했다. 현태균과 우형이 자꾸 겹쳐 보였다. 혹시 현태균처럼 무슨 일을 당한 것은 아닐까……. 윤기는 저도 모르게 두 주먹을 쥐었다.

금고에서 꺼낸 유물과 서류를 가방에 넣었다. 서둘러 금고실을 나온 윤기는 건물 앞에 주차해 둔 차에 올랐다. 그런데 시동이 켜지지 않았다. 점화 플러그나 배터리의 문제 같은데 직접 손볼 여유는 없었다. 택시를 잡기 위해 길가에 서 있는데, 윤기 앞에 승합차가 멈춰 섰다. 조수석 창문이 열리더니 낯익은 사람이 얼굴을 내밀었다.

"학예사님, 서울 학예사님 맞죠?"

김녕사굴 앞에서 만났던 양봉업자 고영철이었다. 윤기가 차창 가까이 다가가자 그는 윤기의 손을 덥석 잡으며 싱글벙글했다.

"여기서 또 만났수다. 어디 감수광?"

"아, 안녕하세요."

"이야, 이거 서울 와서 아는 분 만나니 정말 반갑수다. 장 학예사님한테 꿀 드렸소?"

"아, 그게……."

"어디 감수광? 탑서예."

"아니에요. 택시 타면 됩니다."

"택시 잡기 어렵수다. 혼저 탑서예."

고영철은 차에서 내려 뒷문을 열더니 두 눈을 슴벅거리며 윤기를 쳐다보았다. 그의 순박한 눈을 보니 연거푸 거절하기 미안했다. 택시 잡는 시간을 아낄 겸 근처까지만 타고 갈 요량으로 뒷좌석에 올라탔다.

차가 움직이는 순간, 이상한 생각이 들었다. 이 사람을 왜 여기서 만났을까. 불안한 예감에 뒤를 돌아보니 맨 뒷좌석에 다른 사내들이 더 앉아 있었다. 검은 양복과 선글라스. 제주에서의 일이 떠오르며 등골이 오싹해졌다. 내리기에는 이미 늦었다. 머릿속이 복잡했으나 모른 체하고 앉아 앞을 보았다. 한쪽 입꼬리를 들어 올리며 씩 웃는 고영철의 얼굴이 보였다. 섬뜩했다.

"나윤기 씨, 여긴 웬일이신가. 잠깐 얘기 좀 합시다."

"……."

윤기는 깜짝 놀라 아무 말도 못하고 침을 꿀꺽 삼켰다. 이자가 어떻게 내 이름을 알지? 여기서 만난 게 우연이 아니라면 그동안 나를 미행했단 말인가? 고영철의 말투에 제주도 사투리는 흔적도 없었다. 고영철이 굵직한 목을 돌려 윤기를 쳐다보았다.

"왜 그렇게 놀라시나? 얘기 좀 하자는데, 흐흐흐."

소름 끼치는 웃음소리다. 윤기는 침착하게 물었다.

"내 이름은 어떻게 아는 겁니까? 당신 정체가 뭡니까?"

"거참, 성질도 급하시기는. 도착할 때까지 편히 앉아 갑시다."

자동차는 경찰서의 반대 방향으로 향했다. 한 사내가 윤기 옆으로 자리를 옮기더니 소지품을 뺐고 가방을 고영철에게 건넸다. 고영철은 씩 웃으며 가방을 열었다.

"수학 선생 가방에 뭐가 있을까. 금고에서 뭘 찾으시던데 보석이라도 들었나?"

"……."

윤기가 허탈하게 고영철을 쳐다보았다. 그는 과장된 몸짓과 표정으로 중화척을 꺼냈다.

"어디 보자. 무엇에 쓰는 물건인고? 음, 이건 본 적이 있군. 왕이 이렇게 내렸다는 자잖아."

고영철은 중화척을 들고 앞으로 내미는 시늉을 했다. 흡족한 표정을 지으며 혀로 딱딱 경쾌한 소리까지 냈다. 그러더니 갑자기 표정을 일그러뜨리며 말했다.

"흥, 이까짓 게 뭐라고 금고에 감춰 두었을까. 그냥 갖다 주면 별일 없을 텐데, 참 세상 멍청하게 사는 사람 많아요."

그는 중화척으로 손바닥을 탁탁 치며 빈정거렸다. 윤기는 고영철의 다부진 체격을 보고 비로소 깨달았다.

"어제 저녁 추사관에 들어간 게 당신이었어? 당신이 현태균 교수를 죽인 거야?"

"빙고!"

고영철은 중화척으로 손바닥을 경쾌하게 쳤다. 윤기는 어젯밤의 일을 떠올렸다. 또다시 등골이 오싹해졌다. 추사관을 떠날 때 언뜻 본 사람이 고영철이었다니. 조 형사의 전화를 받고 추사관으로 들어가던 사람이 떠오르긴 했지만 설마 범인이었을 줄이야. 윤기가 떠나자마자 그만 현태균이 일을 당한 것이다.

고영철은 갑자기 음울한 눈으로 먼 하늘을 바라보며 천천히 입을 열었다. 그의 표정은 팬터마임 배우처럼 순간순간 바뀌어 종잡을 수 없었다.

"현태균과 나는 제주도 고향 친구였지. 어릴 때부터 같이 지낸 단짝이지만 인생은 좀 달랐어. 공부 잘하는 태균이는 서울에서 대학 나와 교수 됐고, 싸움 잘하는 난 일본으로 건너가 재일 교포 사업가의 경호원이 됐거든. 그러다가 고향에서 다시 만났고 어릴 때처럼 환상의 콤비가 되었지, 흐흐흐."

고영철은 회상에 잠긴 듯 실눈을 뜨고 주절댔다.

"그런 친구를 왜?"

"그놈은 어릴 때부터 마음이 좀 약해서 탈이야. 겉으로는 배포가 있는 것처럼 굴어도 속은 아니거든. 구무라 회장님도 그 점을 못 미더워했지."

"구무라 회장? 구무라 아키토쓰? 그자가 시켰나?"

고영철은 윤기의 질문을 들은 척도 안 했다.

"뭐, 내 생각도 같아. 태균이가 할 일은 끝났으니까. 일본에서 교수 자리라도 얻을 생각이었겠지만 인생이 그리 마음대로 되나, 으호호."

고영철은 고개를 젖히며 섬뜩한 웃음을 터뜨렸다. 윤기가 그를 노려보며 소리쳤다.

"장우형은 어디 있어? 당신이 납치한 거지? 무슨 짓을 한 거야!"

"거참, 귀청 떨어지겠네. 납치라니 무슨 소리! 큰일 날 말씀하네. 우린 잘못한 거 없다니깐. 너와 감정 상할 일도 없고, 흐흐흐"

고영철은 두 손바닥을 펼쳐 보이며 어깨를 으쓱하고는 연방 키득댔다.

"그 녀석이 우리 보물 창고에 침입했거든. 그놈이 제 발로 사굴에 들어왔다니까."

"그럼 지금도 사굴에 있어? 괜찮은 거지?"

"차차 알게 될 거야. 하루라도 빨리 친구를 만나게 해 주고 싶지만 회장님 속을 알 수가 있어야지. 암튼 곧 만나서 우정을 쌓게 될 거야. 우린 해피 엔딩을 좋아하거든, 흐흐흐."

고영철은 이를 드러내며 섬뜩한 웃음소리를 냈다. 처음 만났을 때만 해도 순박한 웃음이라고 생각했건만, 순박한 웃음 뒤에 소름 끼치는 인격이 숨어 있을 줄이야. 단짝 친구를 아무 거리낌 없이 해치는 인간이다. 나도 현태균처럼 끔찍한 일을 당하게 될까. 모골이 송연해지며 이마에서 식은땀이 났다.

"나를 어쩔 셈이지?"

"회장님이 굳이 너를 보겠다고 하시네. 오늘은 일이 있어서 안 되고 내일 보시겠다는군."

고영철이 중화척을 가방에 넣으며 말했다. 자동차는 시내를 빠져나와 강변도로를 달렸다. 잠시 후 강변 공원으로 내려간 차는 녹슨 컨테이너 앞에서 멈췄다. 한겨울의 텅 빈 공원에는 인적도 없이 차디찬 바람만 몰아치고 있었다. 그들은 윤기를 컨테이너 안으로 끌고 들어갔다. 고영철이 의자에 앉으며 입을 열었다.

"누추하지만 오늘은 여기서 쉽서."

"내일 구무라를 만나는 건가?"

"좋은 꿈이나 꾸라고. 특별한 선물을 가져왔으니 상을 주실지도 모르잖아, 흐흐흐."

고영철은 중화척이 든 가방을 툭툭 치며 윤기에게 눈을 찡긋했다. 윤기는 의자에 앉아 고영철의 얼굴을 마주 보았다. 김녕사굴 앞에서 보았던 순박한 양봉꾼은 찾아볼 수 없었다. 떡 벌어진 가슴과 어깨, 굵직한 목과 두툼한 손. 위압감이 느껴졌다. 고영철의 눈을 보고 조용히 물었다.

"우형이는 살아 있는 거지?"

"그러고 보니 나도 바빠서 한 며칠 못 봤네. 여기 일 마무리하고 내려갈 때까지 버티려나. 의식이 가물가물하던데."

"뭐? 의식도 없는데 그냥 뒀다는 말이야! 그러고도 사람이야!"

윤기는 소리를 지르며 일어서려 했지만 고영철의 수하들에게 제지당하고 말았다. 윤기의 분노에도 고영철의 느물거리는 목소리는 변함없었다.

"자업자득이지. 누가 굴속으로 떠다민 것도 아니고, 제 놈이 궁금증을 못 참고 기어이 뱀의 굴로 들어왔는데 누굴 원망할까, 흐흐흐."

"그럼 내가 사굴에 갔을 때도 우형이가 거기 있었던 거야?"

"그때는 나도 조금 당황했다고. 당장 잡아서 사굴에 같이 가둘까 하다가 열연 좀 했지."

윤기는 자신의 행동이 전부 고영철의 손바닥 위에서 논 것에 불과하다는 사실에 치가 떨렸다. 고영철이 키득거리며 말을 이었다.

"네놈이 추사관에 왔다는 소식을 나츠키한테서 들었지. 나츠키가 일단 두고 보자 했는데 거짓말처럼 사굴까지 찾아오다니 말이야."

"나츠키?"

윤기의 두 눈에 의문이 가득 찼다. 고영철이 느물느물 웃으며 말했다.

"구무라 나츠키, 같이 밥도 먹었다면서?"

"구하경……?"

"태균이를 못 믿은 구무라 회장님이 따님을 추사관에 두었거든. 그놈이 좀 어수룩하니까 말이야. 사실 일은 나츠키가 다 했지. 유물을 빼내는 거나, 귀찮은 자를 제거하는 거나."

윤기는 이제야 사건의 전모를 알 것 같았다. 현태균이 그렇게 배짱 좋게 유물을 빼돌렸을 거라고는 생각되지 않았는데, 구하경이 우형의 실종뿐 아니라 「세한도」 등 모든 사건의 주범이었다. 우형은 구하경이 구무라의 딸인 것을 알아냈고, 구무라 일당의 음모와 비밀 창고가 있는 곳도 눈치챈 것이다. 그리고 윤기를 가압장에서 만나기로 한 날, 제주도에 내려가 사굴 안의 비밀 창고를 확인하려다 잡히고 만 것이리라.

"이거 해가 짧군. 그럼 편히 쉬고 내일 봅서."

고영철이 의자에서 일어났다. 컨테이너 문틈으로 반짝이는 강물이 보였다.

"참, 여긴 아무리 소리 지르고 법석 떨어 봐야 소용없어."

고영철 일당이 컨테이너를 나가고 밖에서 문을 잠갔다. 컨테이너 안은 곧 칠흑 같은 어둠으로 덮였다. 한겨울 냉기가 몸속으로 파고들었다. 윤기는 웅크려 앉은 채 어둠 속에서 중얼거렸다.

"구, 고, 현……. 바로 범인들이었어."

마침내 범인들의 정체를 알았다. 그리고 우형이 왜 마방진의 암호로 구고현의 수를 이용했는지도 비로소 깨달았다. 「세한도」와 유물들을 훔친 범인은 구무라 아키토쓰, 고영철, 현태균. 바로 구, 고, 현이었다. 우형은 재일 교포 사업가와 양봉업자로 위장해서 추사관 학예실장을 회유한 뒤 유물을 훔쳐 낸 그들의 정체를 눈치챘던 것이다. 끝내 그들이 「세한도」를 숨겨 놓은 곳까지 알아냈기 때문에 우형은 지금 그들에게 붙잡혀 있는 것이리라.

윤기는 한시바삐 우형을 구해야겠다는 생각이 들었다. 그러나 캄캄한 컨테이너의 어둠 속에서는 우형을 구할 방법도, 자기 자신이 이 음모에서 무사히 빠져나갈 길도 잘 보이지 않았다.

「세한도」를 찾아서

다음 날 아침, 컨테이너 문이 열리고 햇살이 쏟아져 들어왔다. 윤기는 갑자기 들이친 밝은 빛에 눈을 뜨기조차 힘들었다. 고영철이 햇살을 등지고 문 앞에 서 있었다. 그의 가랑이 사이로 들어오는 찬 바람이 얼굴을 때렸다. 두 사내가 윤기의 양팔을 잡아 일으켰다. 밤새 얼어붙었는지 다리가 찌뻑거렸다. 윤기는 눈을 가늘게 뜨며 입을 열었다.

"어제 형사를 만나기로 했는데…… 지금쯤 날 찾고 있을 거야."

"암, 찾고말고. 살인 사건 용의자로 한창 너를 찾고 있겠지, 흐흐흐."

고영철이 음흉한 웃음을 터뜨렸다.

"뭐? 용의자?"

윤기가 그의 얼굴을 쏘아보았다.

"태균이 죽은 시간에 추사관을 방문한 사람은 너밖에 없거든. 사무실로 들어가는 모습이 CCTV에 아주 잘 찍혔던데."

"뭐라고?"

윤기는 어처구니없었다. 하룻밤 새에 살인 사건 용의자가 되어 버리다니. 고영철의 말대로 사건이 일어난 시간에 CCTV에 찍힌 데다가, 형사와 통화한 후부터 사라졌으니 경찰에서는 도주로 생각할 만도 했다.

"고마워해야 할 거야. 우리가 너를 숨겨 주고 있는 셈이라고, 안 그래?"

고영철이 두 손바닥을 비비며 느물느물 웃었다. 윤기는 말문이 막혔다. 혀끝이 떫고 씁쓸했다. 윤기가 쓴웃음을 지으며 말했다.

"그거 괜찮은 게임이네. 내가 용의자라면 경찰에서 더 기를 쓰고 찾겠군."

"경찰에서 너를 찾아내 봤자 우린 이미 흔적도 없겠지."

고영철이 껄껄 웃었다. 윤기는 컨테이너에서 끌려 나와 승합차에 올라탔다. 차는 거칠고 메마른 겨울 공원을 빠져나와 강변도로를 달렸다.

"구무라 아키토쓰한테 가는 건가?"

"네가 유물들을 어떻게 찾았는지 궁금하다고 하시네. 나츠키도 물건을 빨리 보고 싶다고 앙탈이야, 흐흐흐."

"그 여자가 혹시 「세한도」도 훔쳤나?"

"어? 「세한도」도 알고 있어? 아는 게 너무 많으면 목숨을 재촉할 텐데."

고영철이 윤기를 뒤돌아보며 씩 웃었다. 그를 쏘아보며 윤기가 입을 천천히 뗐다.

"우형이는…… 어떻게 할 셈이야?"

"네가 걱정 안 해도 회장님이 내일 출국하시면 그때 다 처리할 테니……."

"구무라가 출국한다고? 뭘 어떻게 처리할 건데?"

"뭘 그렇게 전부 알려고 들어? 어차피 남은 시간도 별로 없는데, 흐흐흐."

"우형이한테 허튼짓하기만 해 봐……."

윤기는 저도 모르게 목소리가 떨렸다.

"지금 친구 걱정할 때가 아닐 텐데? 어쨌든 마음의 준비를 해 두라고. 아, 이거 나는 너무 친절해서 탈이라니까, 흐흐흐."

고영철의 혐오스러운 웃음소리가 윤기의 머리를 뒤흔들었다. 쿵쾅거리는 심장을 간신히 다스리며 복잡한 생각을 가다듬으려 노력했다. 하루라는 짧은 시간에 구무라가 잡히고 자신과 우형이 구출될 수 있을까. 마음이 착잡했다.

자동차가 중심가를 벗어나자 사내들이 윤기의 눈을 가렸다. 눈이 보이지 않자 귀가 절로 쫑긋하며 소리에 민감해졌다. 주위의 소음이 줄어들면서 차가 속도를 내고 달렸다. 윤기는 흔들리는 몸을 그대로 내맡긴 채 필사적으로 머리를 굴렸다. 겨우 우형의 소재와 범인들을 알아냈는데, 정작 자신까지 범인들에게 붙잡혀 그들의 소굴로 끌려가고 있었다. 무사히 빠져나올 수 있을까. 그래서 저들을 단죄할 수 있을까. 지금 나는 무엇을 할 수 있을까.

오르막길을 오르던 자동차가 이윽고 멈추었다. 사내들은 윤기의 양팔을 붙잡고 어디론가 끌고 갔다. 눈을 가린 천이 풀리자 넓은 정원과 저택이 보였다. 정면에 서 있는 대리석 기둥들이 마치 고대 신전을 방불케 했다. 값비싼 정원수들과 석탑, 조각상으로 장식된 정원을 지나서 저택 안으로 들어가니 그곳은 더욱 화려한 모습이었다. 벽과 바닥을 모두 진귀하다고 이름난 황금빛과 자줏빛 대리석으로 치장했고, 동서양을 막론한 조각과 그림들이 전시되어 있어 마치 박물관에 들어온 듯했다. 윤기가 집 안을 둘러보며 쓴웃음을 지었다.

"이거 전부 훔친 유물 아냐?"

"무슨 말씀을, 회장님이 들으면 섭섭해하시겠네. 다 대가를 지불한 것들이야. 돈으로든 힘으로든."

고영철이 눈썹을 찡그리며 과장된 몸짓으로 고개를 저었다.

"흥, 그렇겠지."

윤기는 콧방귀를 뀌었다. 그때였다. 누군가 계단을 내려오는 소리가 들렸다. 추사관에서 보았던 구하경, 구무라 나츠키였다. 윤기는 그녀를 노려보았다. 구하경은 팔짱을 끼고 고개를 빳빳이 쳐든 채 눈살을 찌푸렸다. 고영철이 턱짓하자 사내들이 윤기를 계단 아래쪽 지하실로 끌고 갔다. 구하경의 앙칼진 목소리가 들렸다.

"여긴 뭐하러 데려왔어요. 그냥 처리하지."

"회장님 명이라서."

"또 시끄러운 일 터지면 어떡하려고요. 현태균을 그렇게 처리해서 일정에 차질만 생겼잖아요."

"아, 그거? 태균이 놈이 자긴 손 떼겠다고 그러잖아. 장우형이 어디 있냐고, 놔주라고 하면서 사람 죽이는 일 그만하라고 꽥꽥거리는데 「세한도」까지 알더라고. 경찰이랑 박물관에서도 곧 알 거라고 바짝 졸아서 말이야. 이거 이러다 뭔 일 저지르겠다 싶어서 미리 싹을 잘랐지."

"그럼 잡아 두고서 나중에 처리해야죠."

"어차피 회장님이 떠나기 전에 태균이도 같이 처리하라고 하셨거든."

구하경이 듣기 귀찮은 듯 눈을 내리깔더니 고영철에게 물었다.

"물건은 가져왔어요?"

"그럼, 저놈 덕에 좋은 걸 얻었지 뭐야. 나야 봐도 모르지만. 자나부랭이, 삭아 빠진 종잇조각이 뭐라고, 참."

고영철이 가방에서 중화척과 편지를 꺼내며 주절댔다. 물건을 보자 구겨져 있던 구하경의 얼굴이 펴졌다. 처음 발굴됐을 때부터 탐낸 유물이었다. 장우형이 어디에 감추었는지 알 노릇이 없어 거의 포기하고 있었는데 그의 친구가 찾아낼 줄이야.

"중화척은 중앙박물관 거랑 똑같네. 그래, 추사가 편지에 뭐라고 썼을까……."

구희경은 소파에 앉아서 종이를 조심히 펼쳤다. 추사의 유려한 필체가 눈에 들어왔다. 천천히 편지를 해석하며 읽어 보았다.

> 어허, 어허! 나는 형틀이 앞에 있고, 큰 고개와 큰 바다가 뒤를 따를 적에도 일찍이 내 마음은 흔들리지 않았는데 지금 부인의 상을 당해서는 놀라고 울렁거리고 얼이 빠지고 혼이 달아나서 아무리 마음을 붙들어 매려 해도 길이 없으니 이는 어인 까닭인지요.

추사가 부인의 부고˙를 전해 듣고 눈물로 쓴 애서문(哀逝文)이 었다. 그것은 통곡의 제문이자 망처가(亡妻歌)였다. 추사는 아내가 세상을 떠난 지 한 달 후에야 소식을 들을 수 있었다. 남달리 금슬이 좋았고 귀양살이 동안 옷가지와 음식을 살뜰히 챙겨 주던 아내. 추사는 고향을 향해 엎드려 피눈물을 쏟으며 오열했고, 한동안 쓸

● **부고** 사람의 죽음을 알리는 소식이나 글.

쓸한 마음을 어찌할 줄 몰라 망연자실했다고 한다. 구하경은 아내의 죽음을 애도하는 추사의 또 다른 시가 떠올랐다.

> 어떻게 월로*께 호소를 하여
> 서로가 내세에 바꿔 태어나
> 천 리 밖 내가 죽고 그대가 살아나
> 이 마음 이 설움 알게 했으면

　내가 죽고 그대가 살아났으면 하는 마음이라. 그런 마음은 어떤 것일까. 위선자들의 글 속에나 있는 것이겠지. 추사를 비웃던 구하경은 고영철의 시선을 느끼고는 종이를 다시 접어 넣었다.
　"참, 경찰은 괜찮은 거죠?"
　"걱정 마. 저 녀석이 의심받고 있으니까 다 덮어씌우면 돼."
　"그래요? 그거 재미있겠네요."
　구하경의 칭찬에 고영철은 우쭐해져서 너스레를 떨었다.
　"시나리오 들어 볼래? 나는 재능이 너무 많은 것 같아. 일본 가면 영화나 만들까 봐."
　"흥, 그러든가요. 시나리오나 들어 보죠."
　"유물 몇 개를 사굴에 좀 남겨 놓고, 현태균이 유물 때문에 장우

● **월로** ‘월하노인’의 준말. 부부의 인연을 맺어 준다는 전설 속의 노인.

형을 죽였고, 또 장우형의 친구가 현태균을 죽였다. 유물 욕심과 친구의 복수를 위해. 뭐, 이런 스토리지."

"삼류 복수물 같네요. 완벽한 거죠?"

"칼에 저놈 지문 묻히고 사굴에 놓기만 하면 완벽해. 우리도 과학 수사 드라마 하나 만드는 거지."

"호호호, 그렇군요."

구하경이 비로소 활짝 웃었다. 소파 뒤의 문이 열리며 머리가 희끗희끗한 노인이 나왔다. 고영철이 황급히 일어나 소파에서 물러섰다.

"나츠키, 네 웃음소리가 옥구슬 구르는 소리 같구나."

"아버지."

구하경이 노인의 팔짱을 끼고 애교를 떨었다. 구무라 아키토쓰는 만면에 웃음을 띠었다. 입꼬리가 올라가고 매부리코가 화살촉처럼 내려오자 인중이 지워졌다. 구무라가 팔짱 낀 딸의 손을 쓰다듬으며 물었다.

"나츠키, 떠날 준비는 다 되었느냐?"

"예, 다 마쳤어요. 게다가 이렇게 중화척도 찾았어요."

"오, 왕이 내린 중화척. 이걸 또 보는구나."

"두 개나 생겼어요. 잘됐지 뭐예요."

"하하, 우리 나츠키는 복도 많지. 좋은 선물이 생겼구나."

"아버지 덕이에요. 감사해요."

"네가 웃는 걸 보니 내가 더 좋구나. 그래, 그 친구 녀석을 데려 왔다고?"

구무라 아키토쓰가 자신을 돌아보자 고영철은 손을 비벼 대며 대답했다.

"예, 지금 지하실에 있습니다."

"데려와."

"아버지, 뭐하러 그놈을 봐요."

"나츠키, 내가 어떤 녀석인지 좀 봐야겠다."

구무라가 딸의 어깨를 토닥였다. 고영철은 윤기를 데려오기 위해 지하실로 내려갔다.

"회장님께 무릎 꿇고 살려 달라고 매달려 봐. 애걸복걸하면 마음을 바꾸실지 알아?"

고영철이 키득거렸다. 하지만 그는 구무라가 피도 눈물도 없는 냉혈한이라는 것을 잘 알고 있었다. 잡은 놈을 절대 살려 주는 일이 없고 실수도 용납하지 않았다.

구무라 일행이 떠나면 고영철은 모든 화근을 없애는 뒤처리를 해야 했다. 그러고 보니 제주에서 나윤기와 같이 다니던 여자애도 마음에 걸렸다. 자신과 나츠키의 얼굴을 보았고, 현태균과 나윤기도 알고 있다. 내일 제주로 내려가기 전에 그 아이도 처리해야겠다고 생각했다. 그리고 장우형과 사굴도 정리해야 했다. 뒤처리를 다하고 사굴에 숨겨 둔 유물들을 배에 실어 일본으로 떠나면 끝이다.

이것까지만 잘 처리하면 그의 앞날에는 큰 보상이 기다리고 있을 것이다.

구무라 부녀 앞에 무릎을 꿇고 앉은 윤기는 눈을 부라리며 그들을 노려보았다. 분이 서린 두 눈에 핏줄이 터질 듯했다. 구무라는 윤기를 지그시 내려다보았다.

"그래, 중요한 유물들을 가지고 왔다고? 에썼다. 네가 이렇게 그것들을 찾았는지 궁금하구나. 친구가 알려 주더냐?"

"어서 말해 봐. 잘하면 네가 살 수⋯⋯."

빈정대며 윤기를 다그치던 고영철은 구무라의 날카로운 시선에 움칠하며 입을 닫았다. 구무라 아키토쓰는 다시 온화한 표정으로 윤기를 보았다.

"우리한테 협조하면 살려 줄 뿐 아니라 큰 보상도 해 주마. 네가 우리 사업에 대해 좀 안다고? 사굴도 찾아왔다고 그러더군. 우리 사업에 흥미가 있는 모양이구나."

"흥미는 무슨, 난 친구를 찾으려는 것뿐이야!"

윤기가 묶인 몸을 흔들며 소리쳤다.

"쳇, 눈물겨운 우정이구먼⋯⋯."

고영철이 빈정거리다가 눈치를 보며 다시 입을 닫았다. 구무라의 웃음 띤 얼굴은 흔들리지 않았다.

"친구 간의 의리가 대견하구나. 그 점도 마음에 든다. 너같이 치밀하고 패기 있는 젊은이가 필요하던 참이야. 처음엔 현태균에게 기대를 했었지만 이제 생각하니 그놈은 언제고 뒤통수칠 놈이었어. 영철이는 내가 믿지. 다른 생각을 하지 않는 우직한 놈이거든. 그런 사람이 필요해."

고영철은 자신을 칭찬하는 말에 입을 벌리고 벙글거렸다. 윤기가 눈을 치뜨고 구무라를 보았다.

"흥, 나한테 같은 편이 되라고?"

"이놈 말버릇이! 나한테도 그러더니 회장님께도 또박또박 반말이네?"

고영철이 주먹을 불끈 쥐고 윤기를 치려 했지만 구무라가 제지했다.

"우리 나츠키 곁에서 일을 도울 젊은이가 필요해. 장우형이라는 녀석도 내가 기대했는데, 지금 보니 네가 더 마음에 드는구나. 어떠냐? 우리 사업에 동참하지 않겠느냐."

"도대체 무슨 말을 하는지 모르겠네. 뭘 하자고? 도둑질?"

"허, 그놈 참. 머리가 좀 돌아가는 놈인 줄 알았는데. 어쨌든 생각해 보아라. 내가 갈 길이 바빠서 시간을 많이 주지는 못해."

구무라는 등을 돌려 대리석 기둥 옆에 걸린 액자를 보았다. 액자를 본 윤기는 눈을 크게 떴다. 액자에는 바로 유재 탁본이 들어 있었다. 윤기가 턱짓으로 액자를 가리켰다.

"저 액자 속에 「세한도」가 있지?"

구무라가 매서운 눈으로 윤기를 돌아보았다. 구하경의 표정도

흔들렸다. 고영철이 먼저 입을 열었다.

"이야, 액자에 든 것까지 알다니 이놈이 탐정 뺨치겠네."

구무라가 윤기를 지그시 보며 말했다.

"그것까지 알고 있단 말이냐? 아주 영리하구나. 음, 「세한도」가 어떤 건지 제대로 알고는 있느냐. 내가 왜 「세한도」에 흥미를 가지는 것 같으냐?"

"흥, 장물 수집이 취미인가 보지."

고영철의 얼굴이 붉으락푸르락해졌고 구하경도 얼굴을 찡그렸다. 구무라 아키토쓰는 아랑곳 않고 뒷짐을 진 채 천천히 걸음을 뗐다.

"「세한도」에는 굉장한 비밀이 있지. 우리 사업의 목적 그 자체라 할 수 있지……."

"……."

윤기는 구무라의 말을 가만히 들었다. 구무라는 대리석 기둥 사이를 왔다 갔다 하며 말을 이었다.

"내 이름은 구명일이었다. 아버지 구갑석은 「세한도」를 소장했던 후지쓰카 지카시의 하인이었는데, 해방 전에 귀국하는 후지쓰카를 따라 일본으로 건너갔어. 그때 나는 다섯 살이었지. 후지쓰카 사후에도 아버지와 나는 그의 아들 아키나오를 도와 그 집안에서 일했어. 한데 아버지는 후지쓰카 지카시가 죽기 전에 말한 「세한도」의 엄청난 비밀을 듣고 말았어. 후지쓰카가 생전에 몇 번이나 했던 말이야. 그게 뭔 줄 아느냐?"

"알 게 뭐야."

윤기의 비아냥거리는 말에도 구무라는 개의치 않고 이야기를 이어 갔다.

"바로「세한도」에 보물이 숨겨져 있다는 거야. 내 아버지는「세한도」에 엄청난 보물이 있다는 믿음을 평생 버리지 않았어. 어린 나에게도 곧잘 말해 주었거든. 그때부터 난「세한도」를 꼭 손에 넣으리라 마음먹었다. 보물을 찾아 일본에서 나를 무시한 자들의 콧대를 꺾어 버리리라 다짐했지. 한데 진품을 손에 넣었건만 보물을 찾을 수 없단 말이야. 정밀 감정까지 받았는데도."

"보물은 무슨, 바로「세한도」가 보물이라는 걸 모르나?"

"「세한도」가 보물이라? 흠, 좋은 말이군. 이번에 가까이서 보니 그 말도 맞아. 하지만 내가 원하는 건 그런 입바른 소리가 아냐. 곧 큰 보물을 찾아낼 거다. 일본에 가서 최고 실력자들에게 보이면 비밀이 드러날 테니까."

"완전히 돌았군."

구무라의 말을 들은 윤기가 피식 웃었다.

"이놈이! 네놈이 돌았구나. 여기가 어딘 줄 알고!"

고영철의 주먹이 날아왔다. 윤기의 얼굴이 획 돌아가며 바닥에 쓰러졌다. 구무라가 미간을 찌푸리자 뒤에 서 있던 수하들이 재빨리 윤기를 일으켜 무릎 꿇렸다. 구무라 아키토쓰, 구명일은 유재 액자 앞에 꼿꼿이 섰다.

"보물은 분명히 있을 거다. 후지쓰카 지카시의 아들도 같은 말을 들었다니까."

구무라는 액자를 똑바로 쳐다보며 말을 이었다.

"난 이제 돈도 많이 벌어 마음만 먹으면 무엇이든 할 수 있고, 어떤 것이든 손에 넣을 수 있다. 어릴 때부터 욕심냈던 「세한도」를 이렇게 가졌으니 목표를 이룬 셈이야. 게다가 숨겨져 있다는 보물까지 찾으면 세상은 모두 내 것이 되는 셈이지. 안 그렇느냐?"

구무라가 흡족한 표정을 지으며 딸의 손을 잡았다.

"그럼요, 아버지. 저놈 말은 더 들을 것도 없어요. 그만 방에 들어가세요."

"혹시…… 후지쓰카가 다이아몬드라고 하지 않았나?"

주먹에 맞아 얼굴이 부은 윤기가 한쪽 입꼬리를 올리며 말했다. 그 말을 들은 구무라의 눈이 번쩍 빛났다.

"그래, 다이아몬드 맞지. 금강석이 있다고 했으니까."

"푸훗, 크핫하하하."

윤기는 어깨를 들썩이며 크게 웃었다. 구무라의 눈썹이 움찔 올라갔다.

"왜 웃는 게냐? 이놈이 실성을 했나."

"하도 어이가 없어 웃는다. 과연 후지쓰카는 혜안이 보통 아니었군."

"……."

구무라는 윤기를 매섭게 노려보다가 입을 열었다.

"후지쓰카의 혜안이라니?"

"가르쳐 주면 날 놓아줄 건가?"

"허튼소리만 아니면."

"「세한도」를 보면서 말해 주지."

"좋다, 어차피 그림도 꺼내야 하니. 나츠키, 액자를 열어라."

"아버지, 저자가 뭘 알겠어요. 어떻게든 살아 보려고 수작 부리는 거예요."

구하경이 윤기를 흘겨보았다. 고영철도 옆에서 거들었다.

"회장님, 이놈 말은 들을 것도 없습니다. 내로라하는 전문가들도 못 찾았는데 어떻게 일개 수학 선생이 알겠습니까?"

"액자를 열라니까!"

구무라가 강한 어조로 말했다. 하는 수 없이 고영철이 유재 액자를 열었다. 구하경이 탁본 뒤의 종이를 꺼내 탁자 위에 펼쳤다. 윤기는 탁자로 다가갔다. 입이 절로 벌어지며 소리 없는 감탄이 나왔다. 우형이 지키려던 「세한도」 원본이었다. 구무라가 먼저 입을 열었다.

"대단한 그림이야. 볼 때마다 숨이 막힐 듯이 감격스럽거든. 자, 이제 보물에 대해 말해 보아라."

구무라는 조바심이 난 표정으로 윤기를 바라보았고, 구하경도 옆에서 팔짱을 낀 채 초조해하는 기색이었다.

윤기는 이익을 좇아 태연히 사람을 죽이고 가두는 이 악인들을 향한 분노를 참을 수 없었지만, 자신에게 닥칠지 모르는 위험에 대한 두려움도 몰려왔다. 정신을 차려야 했다. 경찰이 자신을 찾을 것이다. 그때까지는 살아남아야 했다. 어떻게든 시간을 끌기 위해 저들을 구슬려야 한다. 윤기가 드디어 입을 뗐다.

"아, 보물? 흠, 뭔가 보이는 것 같은데. 역시 보물이 있군."

"보물이 보인다고?"

구무라는 매서운 눈초리로 「세한도」를 보았다. 윤기는 능청스레 말을 이었다.

"내 눈에는 보이는데? 하긴 허깨비를 보고 있으니 정작 보물이 보일 리가 있나. 당신들도 이게 안 보여?"

윤기는 구하경과 고영철을 번갈아 보았다. 구하경은 의심스런 눈빛으로 가만히 있었으나 고영철은 눈알을 이리저리 굴리며 그림을 훑어보았다.

"도대체 뭐가 보인다는 거야?"

고영철이 「세한도」에서 눈을 떼고 진지하게 물었다. 윤기도 짐짓 진지한 표정으로 답했다.

"고매한 식견과 안목, 깊은 통찰력을 지녀야만 보물을 알아볼 수 있지. 그래서 후지쓰카의 혜안이 놀랍다는 거야."

"네놈이 지금 날 놀리는구나, 네 이놈!"

구무라가 일갈했다. 구하경의 싸늘한 목소리가 이어졌다.

"저자가 우릴 가지고 놀고 있다고요. 흥, 겁 없기는 친구 놈하고 똑같잖아."

"아주 죽지 못해 안달이 났군. 당장 없애 버리죠!"

고영철의 말에 등골이 오싹해졌다. 윤기는 두려움을 무릅쓰고 입을 열었다.

"난 진실을 알려 주는데 듣질 않네. 거참, 화부터 내니……."

윤기를 노려보는 구무라의 얼굴이 일그러졌다. 폭발하는 활화산처럼 붉으락푸르락해진 그의 얼굴은 조금 전과는 전혀 달랐다. 평정심을 잃자 포악한 맹수의 본모습이 드러났다. 상대가 본색을 드러내자 윤기는 바짝 긴장했다. 지금부터가 중요하다. 크게 심호흡을 하고 다시 입을 뗐다.

"진정하고 얘기를 끝까지 들어 봐. 나도 명줄이 걸려 있는데 장난을 치겠어? 일단 이 그림을 보라고."

가쁜 숨을 몰아쉬며 윤기를 노려보던 구무라가 다시 「세한도」에 눈을 돌렸다. 구하경도 윤기를 한 번 쏘아보고는 그림을 바라보았다. 윤기가 목소리를 가다듬고 말을 이었다.

"「세한도」는 비례가 완벽한 작품이야. 여기 맨 왼쪽 잣나무에서 맨 오른쪽 소나무까지가 그림의 핵심인데 특별한 비례를 보이고 있지. 특히 초가집에 뭔가 있어. 수학적인 계산을 좀 더 해 봐야겠지만……. 분명히 이 부분에 보물의 비밀이 숨어 있어. 확실해."

"거기에 보물의 비밀이 있다고?"

구무라의 눈이 번뜩였다. 고영철이 「세한도」와 윤기를 번갈아 보며 거듭 물었다.

"정말이야? 이 초가집에 보물의 단서가 있는 게 확실해?"

"확실하다니까. 수학적 지식이 있어야 알 수 있어. 자세한 계산을 하려면 시간이 좀 필요해."

의심스러운 눈초리로 윤기의 말을 듣던 구하경이 콧방귀를 뀌고 앙칼지게 말했다.

"흥, 수작을 부리는군. 더 들을 것도 없어요. 그만 끌고 나가요."

"아냐, 사실이야. 거짓말해서 뭐하겠어."

윤기는 구무라를 쳐다보았다. 구무라의 노욕이 다시금 꿈틀거렸다.

"시간을 주면…… 네가 보물을 찾을 수 있단 말이지?"

구무라가 매서운 눈으로 윤기를 보았다. 윤기는 눈빛을 피하지 않으며 고개를 끄덕였다.

"좋다. 어차피 네놈의 운명도 내일 아침까지니까 기다려 주마. 평생을 기다렸는데 하루를 더 못 기다리겠느냐. 네가 보물의 비밀을 밝혀 보아라."

"아버지!"

"나츠키, 한번 두고 보자."

구무라의 말에도 구하경은 못마땅한 표정을 거두지 않았다. 윤기는 고영철에 의해 저택 밖으로 끌려 나가 별채 지하실에 갇혔다. 온몸의 긴장이 풀려 바닥에 널브러졌다. 정신이 아득했다. 그럴듯한 말로 구무라 일당을 구슬려서 시간을 벌었지만 과연 살아서 빠져나갈 수 있을까. 조 형사가 자신의 말을 믿고 구무라의 거처를 빨리 찾아내야 할 텐데. 제발 그렇게 하기를 빌었다. 지금은 그것밖에 기댈 곳이 없었다.

진주는 어제 뉴스에서 현태균을 보고 나윤기에게 문자 메시지를 보냈지만 그에게서는 답장이 없었다. 전화를 걸어도 받지 않았다. 걱정에 잠을 설치고 날이 밝자마자 혹시나 싶어 가압장에 가보았다. 한파는 조금 누그러졌지만 여전히 가압장은 오래 있기에 너무 추웠다. 무작정 기다리기만 할 수도 없어 밖으로 나왔다. 무언가 할 수 있는 일이 없을까……. 곰곰이 생각하며 공터를 걸어가는데 뒤에서 부르는 소리가 들렸다.

"학생, 나 좀 보자."

진주가 뒤를 돌아보았다. 전에 가압장에서 보았던 형사다. 조 형사가 진주에게 다가왔다. 그 옆에는 처음 보는 여형사도 있었다.

"진주라고 했나? 너 혹시 나윤기 씨 봤니? 여기에 오지 않았어?"

진주는 대답 대신 고개를 저었다. 형사가 진주를 똑바로 보고 다시 물었다.

"어제랑 오늘, 정말 나윤기 선생 본 적 없니?"

"예, 못 봤는데요. 왜 그러세요?"

진주가 조심히 물었다. 두 형사가 서로 쳐다보고 중얼거렸다.

"도대체 어디로 갔지……. 어제부터 갑자기 종적을 감췄네."

"그러게요. 어제 통화에서는 뭔가 아는 것처럼 말했다면서요. 제주도에 간 이유를 들어야 하는데……."

진주가 놀란 눈으로 형사들에게 물었다.

"예? 그게 무슨 말이에요? 나윤기 샘이 없어졌어요? 샘이 정말 제주도 추사관에 갔어요?"

진주가 조 형사에게 꼬치꼬치 캐물었다.

"나윤기 씨가 추사관에 간 것도 아니? 네가 뭘 아는가 보구나. 추사관에 무슨 일로 갔는지도 아니?"

"「세한도」 때문에……."

"「세한도」라니?"

"……."

진주가 더 이상 말을 하지 않자 여형사가 차분한 목소리로 진주를 설득했다.

"괜찮아, 말해 봐. 지금은 나윤기 씨를 빨리 찾아야 하잖니. 네가 알고 있는 걸 말해 줘야 선생님을 찾지, 안 그래? 선생님 언제 만났어?"

"그저께요."

"그저께? 그럼 그저께 널 만나고 저녁에 추사관에 갔구나. 그때 다른 말은 없었니? 다른 데 간다든가, 누굴 본다든가 하는 말."

"저기…… 거북골요. 거북골에 가셨을 거예요."

진주는 주저하다가 말했다. 조 형사의 눈빛이 번뜩였다.

"거북골? 거기가 어딘데? 가만, 여기서 이럴 게 아니라……."

"저기 좀 앉아서 차근차근 얘기를 들어 보죠."

여형사가 조심스럽게 진주의 어깨를 잡고 가압장으로 이끌었다. 주춤주춤 가압장에 따라 들어간 진주는 알고 있는 사실들을 말했다. 나윤기가 친구를 찾으러 거북골, 즉 귀동 93번지 17호에 갔을 거라고 말해 주었다. 그리고 진짜 「세한도」가 유재 탁본 액자에 있다는 말도 들었다고 했다. 거북골과 「세한도」 얘기는 꺼냈지만, 마방진 암호문이나 가압장에서 주운 수첩에 대해서는 말하지 않았다. 왠지 가압장 친구 간의 비밀로 생각되었다.

진주와 헤어진 두 형사는 곧장 귀동에 있는 한희수의 화실로 찾아갔다. 자초지종을 들은 한희수가 용산의 대여 금고 업체를 알려 주었고 그곳에서 윤기의 자동차를 발견했다. 그리고 업체의 기록을 확인하여 윤기가 다녀간 시간도 알아냈다. 그 시간을 토대로 인근의 CCTV 영상을 조사해서 윤기가 한 승합차에 올라타는 장면까지 찾아냈다.

거기까지 알아내자 일은 일사천리로 진행되었다. 형사들은 승합차를 조회했고 CCTV 영상을 이용해서 이동 경로까지 추적했다. 조 형사는 국보급 유물이 유출되고 있다는 윤기의 말도 떠올렸다. 사태의 심각성을 깨닫고 즉시 윤기가 말한 바 있는 구무라 아키토쓰의 소재를 파악했다. 마침내 구무라의 집을 알아냈고, 승합차의 이동 경로가 그 집을 향하고 있음을 눈치챘다.

이튿날 아침, 경찰은 구무라 아키토쓰의 집으로 출동했다. 그곳에는 고영철과 수하 몇 명만 남아 있었고, 구무라와 구하경은 이미 떠난 뒤였다. 경찰들이 도착했을 때는 마침 별채에서 고영철에 의해 윤기가 끌려 나오고 있었다. 하루가 지나도록 보물을 찾아내지 못한 윤기는 결국 그 대가로 고영철에게 흠씬 두들겨 맞은 상태였다. 구타로 인해 몸이 축 늘어졌지만, 윤기는 조 형사를 보자 엷은 웃음을 지어 보였다. 윤기는 힘없는 목소리로 말했다.

"제주도요……. 우형이는 사굴에 있어요."

곧바로 제주경찰서로 연락이 갔고 우형도 구출되어 병원으로 이송되었다. 그는 탈진하여 의식이 없었다. 구무라와 구하경은 공항에서 출국 직전에 체포되었다. 그들 부녀가 일본으로 빼돌리려던 「세한도」와 다른 유물들도 가까스로 되찾을 수 있었다. 이 모든 사건은 장우형이 실종된 지 십이 일 만에, 진주가 가압장에서 수첩을 주운 지 십일 일 만에 해결되었다.

마방진

마방진은 '마술적인 성질을 가진 방진'이라는 말이야. 1부터 n^2까지의 연속된 자연수를 가로, 세로, 대각선의 합이 같아지도록 정사각형 모양으로 배열한 것을 n차 마방진이라 해. 최석정의 마방진은 1부터 81까지, 즉 9^2까지 배열한 9차 마방진인 거야.

중국과 우리나라에서는 옛날부터 신비한 숫자 배열인 마방진을 즐겨 만들었어. 마방진은 지금으로부터 사천 년 전, 중국 하나라 시대의 전설에서 시작되었다고 해.

전설에 따르면, 하나라의 우임금은 황하의 한 줄기인 낙수의 범람을 막기 위해 제방 공사를 했대. 그런데 도중에 강 한가운데에서 큰 거북이 한 마리가 나타난 거야. 이 거북의 등딱지에 이상한 그림이 새겨져 있었는데, 숫자로 나타내 보니 1부터 9까지의 숫자가 정사각형 모양으로 배열되어 가로, 세로, 대각선에 위치한 수의 합이 15로 모두 같았대. 바로 3차 마방진이야. 사람들은 낙수에서 나온 이 신비한 숫자 배열을 '낙서'라고 부르며 하늘이 거북을 통해 보낸 것이라고 믿었어. 그리고 이 숫자 배열이 홍수를 막아 주는 마법의 수라고 생각했지. 그 후 사람들은 마방진이 재앙을 막아 주고 복을 가져다준다고 믿기 시작했어.

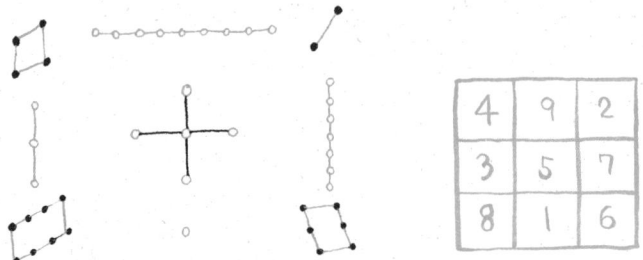

마방진의 유래가 된 낙서
왼쪽의 그림이 낙서이고, 오른쪽은 낙서를 아라비아 숫자로 나타낸 것이다.

낙서와 같은 홀수 차수의 마방진을 만들어 볼까? 5차 마방진을 구해 보자. 설명한 대로 1부터 25까지를 규칙에 맞게 배열하면 되는데 다음 방법을 이용하면 쉽게 만들 수 있어.

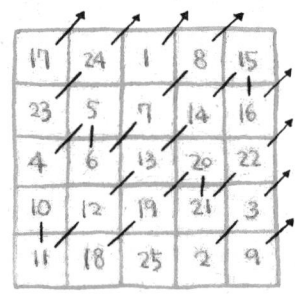

① 1행의 가운데 칸에 1을 넣는다.
② 2를 1의 오른쪽 열, 맨 아래 칸에 넣는다.

③ 3부터 1씩 더한 수를 대각선 방향(╱)으로 차례로 넣는다.

④ 진행 방향에 칸이 없으면 그 행의 맨 앞 열로 가서 계속 진행한다.

⑤ 진행 방향에 수가 있으면 바로 아래 칸으로 가서 계속 진행한다.

이렇게 만든 5차 마방진은 가로, 세로, 대각선에 자리한 수들의 합이 65야. n차 마방진의 가로, 세로, 대각선에 들어가는 수의 합은 $\dfrac{n(n^2+1)}{2}$ 라는 식을 따르고 있어. 그렇다면 7차 마방진의 가로, 세로, 대각선에 있는 수의 합은 얼마일까? 위의 공식에 넣어 보면 쉽게 알수 있는데 바로 175야. 7차 마방진도 5차 마방진 만들 때와 같은 방법으로 만들면 어렵지 않게 완성할 수 있어. 이번에는 짝수 차수인 4차 마방진을 만들어 보자. 다음 그림을 따라 하면 쉽게 그릴 수 있어.

1	2	3	4
5	6	7	8
9	10	11	12
13	14	15	16

① 1부터 16까지의 숫자를 순서대로 마방진 표에 채워 넣는다.

	2	3	
5			8
9			12
	14	15	

② 마방진 표의 대각선에 위치하는 숫자들을 지운다.

16	2	3	13
5	11	10	8
9	7	6	12
4	14	15	1

③ 지운 숫자들인 1, 4, 6, 7, 10, 11, 13, 16을 1행 1열부터 역순으로 채운다.

이렇게 만든 4차 마방진의 가로, 세로, 대각선에 배열된 수들의 합은 모두 34야.

서양에서는 마방진을 어떻게 썼는지 살펴볼까? 16세기 독일 화가 알브레히트 뒤러의 「멜랑콜리아 I」이라는 동판화에는 4차 마방진이 새겨져 있어. 뒤러는 자신의 작품에 4차 마방진을 새겨서 판화를 완성한 해를 슬쩍 알려 줬어. 마방진 맨 아래 열의 가운데 두 칸이 바로 작품이 제작된 해인 1514년을 가리키거든. 이 판화에는 다각형, 다면체, 구 같은 기하학 도형과 자, 컴퍼스, 저울 등 수학에 관련된 도구도 등장해. 수학적으로 멋진 그림이야.

알브레히트 뒤러의 판화 「멜랑콜리아 Ⅰ」과 그 속의 마방진

뒤러가 새긴 4차 마방진은 당시 유럽에서 목성을 상징하는 것으로, 부와 평화를 가져다준다고 믿었어. 서양에서는 마방진을 태양이나 목성, 화성 따위 행성과 연관 지어 생각했거든. 3차 마방진은 토성, 4차 마방진은 목성, 6차 마방진은 태양을 상징한다는 식으로 말이야. 그리고 이런 마방진을 쟁반이나 칼에 새겨 넣으면 재난을 피할 수 있고 행운이 찾아온다고 믿었어.

이처럼 마방진이 중국이나 우리나라에만 있었던 것은 아니야. 세계 여러 나라에서 마방진에 신비한 힘이 있다고 믿었어. 아라비아에서는 '불의 마방진', '물의 마방진'이라고 불리는 마방진을 건물에 붙여 두면 화재나 홍수를 막아 준다고 믿었지. 또 병사들은 전쟁에 나갈 때 옷에 마방진을 붙이면 살아 돌아올 수 있다고 믿기도 했대.

5부

소나무는 여전히 푸르다

그림 속의 진짜 보물

　세한이 다 지났다. 진주는 의자에서 일어나 창문을 열었다. 찬 공기가 얼굴에 닿았지만 그래도 한결 누그러진 날씨다. 진주의 방에는 윤기가 준 「세한도」 영인본이 걸려 있다. 오늘은 드디어 「세한도」 진품을 직접 보는 날. 진짜 추사의 「세한도」가 국립중앙박물관에 전시되어 오늘 보러 갈 참이다. 설레는 마음으로 바깥 공기를 들이마시던 진주는 마당에 서 있는 매화나무를 보았다. 봄이면 탐스러운 매실이 열리는 나무였다. 문득 '세한삼우'가 생각났다.

●　추사의 「세한도」 「세한도」는 문인화에서 더러 볼 수 있는 소재이며, 권돈인과 허련의 작품 등이 유명하다. 그래서 구별을 위해 추사의 작품은 그의 또 다른 호를 써서 「완당 세한도」라고 부른다.

진주는 마당으로 향했다. 그리고 매화나무 가지를 잡고 이리저리 관찰했다. 요즈음 화실에서 세한삼우를 그리고 있는데, 이번에는 매화나무를 그려 볼 참이었다. 진주는 얼마 전부터 수묵화를 배우기 시작했다. 「세한도」에 반하여 수묵화를 배우고 싶다는 진주에게 윤기가 희수의 화실을 소개해 주었다. 진주는 수묵화를 배우면서 그 매력에 흠뻑 빠져들었다. 희수에게서 소질이 있다는 칭찬도 들었다.

"아!"

진주의 입에서 탄성이 나왔다. 어느새 매화나무 가지에 어린 꽃망울이 나와 있었다. 매화꽃은 잎보다 먼저 나온다더니. 며칠 전까지만 해도 꽃샘추위 탓에 나뭇가지에는 얼음꽃만 피어 있었다. 이제 연분홍 꽃망울이 터지면 마당 가득히 매화 향이 피어날 것이다. 꽃자루가 보이지 않을 만큼 활짝 핀 매화꽃을 상상하며, 진주는 허공에 매화 가지를 그려 보았다.

집을 나와서 전철역으로 향했다. '추사 김정희 특별 전시회'가 열리는 국립중앙박물관에서 윤기를 만나기로 했다. 이번 전시회는 도난당할 뻔했던 「세한도」의 건재를 국내외에 알리는 행사이기도 했다. 연초부터 온 나라가 「세한도」 도난 미수 사건에 대한 뉴스로 들썩였고, 박물관과 주무 관청은 책임 추궁과 대책 마련으

● **세한삼우** 한겨울에도 낙엽을 떨어뜨리지 않거나 푸른색을 잃지 않는 소나무, 대나무, 매화를 일컫는 말. 문인화의 주요 소재이며, 선비의 절개와 지조를 상징한다.

로 홍역을 치러야 했다.

　서두른 덕분에 박물관 개장 시간에 맞출 수 있었다. 진주가 건물 안으로 들어가자 윤기가 두 손을 번쩍 들고 다가왔다.

　"어이, 가압장 친구!"

　진주도 두 손을 들어 윤기와 손바닥을 마주치며 반갑게 인사했다. 윤기의 뒤에 희수도 있었다. 그녀가 진주의 어깨에 손을 얹으며 웃음을 지었다.

　"미래의 화백님이 오셨네."

　진주가 수줍게 웃었다. 또 한 사람이 전시실 안에서 나와 윤기의 어깨를 툭 쳤다. 윤기가 그를 보고 환히 웃었다.

　"어? 바쁜 줄 알았는데."

　"생명의 은인들이 왕림하셨는데 담당 학예사가 직접 안내해야지. 특히 진주가 왔는데."

　우형이 진주를 보고 웃었다. 진주도 배시시 웃었다. 희수가 우형의 얼굴을 보고 말했다.

　"얼굴이 좋아졌구나. 다행이다. 몸은 괜찮아?"

　"그럼, 뱀 굴에서 살아 나와서 그런지 몸도 거뜬해지고 장수할 거 같다, 아하하."

　우형이 껄껄 웃으며 두 주먹을 불끈 쥐어 보였다. 그러고는 진주를 향해 허리를 숙이며 두 팔로 공손히 전시실을 가리켰다.

　"자, 그럼「세한도」를 보러 가실까요."

진주는 우형을 따라 전시실로 들어갔다. 입구 벽에 추사 김정희의 초상과 일대기가 꾸며져 있었다. 제주 추사관에서 보았던 내용이었다. 글을 읽으며 천천히 안으로 들어가니 추사의 제자인 소치 허련이 그린 김정희의 초상화가 나왔다. 봉황 눈에 넓은 미간과 두툼한 귓불이 후덕한 인상이었다. 엷은 미소와 부드러운 수염은 인자하고 평온했던 노년의 추사를 나타낸 듯했다. 조금 더 안쪽으로 들어가니 대례복˙을 입은 추사의 전신 영정도 전시되어 있었다. 또 다른 제자인 희원 이한철이 그의 사후에 그린 초상이었다. 추사고택에 있던 것을 국립중앙박물관으로 옮겼다고 설명문에 쓰여 있었다.

전시실 한쪽에는 추사의 유품도 있었는데 책, 벼루, 염주 등이 눈에 띄었다. 수묵화를 막 배우기 시작했을 때, 마음대로 그려지지 않는다며 속상해하는 진주에게 희수는 추사의 일화를 들려주었다. 추사가 생전에 벼루 열 개, 붓 천 자루가 다 닳을 정도로 글씨와 그림을 연습했다는 것이다. 진주는 그 얘기를 듣고 나서는 너무 조급해하지 않기로 했다. 한쪽에는 추사가 사용했다는 도장 수십 개가 전시되어 있었다. 진주가 도장들을 보며 신기해하자 우형은 추사가 사용한 호가 백여 개는 되었다며 도장도 수백 개였다고 설명해 주었다.

˙ 대례복 나라의 중대한 의식이 있을 때 벼슬아치가 입던 예복을 통틀어 일컫는 말.

조금 더 안쪽으로 들어가자 추사가 쓴 글씨, 현판과 그 탁본, 편지 등이 보였다. 진주는 낯익은 현판 앞에 멈춰 섰다. 허련이 일본까지 건너가서 찾아왔다는 그 유재 현판이다. 이 현판의 탁본 액자 안에 진품 「세한도」가 숨겨져 있었다니. 진주의 옆에서 윤기도 감회에 젖어 들었다. 이윽고 가운데 벽에 걸린 그림을 보고 진주는 짧게 감탄했다.

"아!"

드디어 진짜 「세한도」를 보았다. 추사의 최고 명작답게 전시실 가장 안쪽에 자리하고 있었다. 나무 네 그루와 초가집 한 채. 단지 그뿐인데 초연함, 강인함, 외로움, 그리움, 소박함, 아름다움 등 많은 단어를 한꺼번에 보여 주는 그림이다. 뭐라고 말할 수 없을 정도로 그림과 글씨 모두 심금을 강하게 울렸다. 이보다 간결한 아름다움이 있을까. 이보다 울림이 강할 수 있을까. 진주의 심장이 쿵쿵 뛰었다.

윤기가 다소 엉뚱한 소감을 말했다.

"이 그림 보고 심기가 불편한 사람도 많았을 것 같다."

"왜?"

희수가 「세한도」에서 눈을 거두고 윤기를 돌아보았다. 윤기는 그림에서 시선을 떼지 않은 채 말했다.

"그림은 초연한 지조와 절개, 소박, 절제 같은 걸 말하는데 어느 시대에나 그런 가치들과 거리가 먼 사람들이 많으니까. 그 사람들은 볼수록 불편했을 거야."

"그렇겠네."

"이런 작품을 기껏 보물찾기 그림으로밖에 볼 줄 모르는 천박한 자들도 있으니."

윤기가 비아냥대자 우형도 고개를 끄덕였다. 말없이 「세한도」만 보던 진주는 갑자기 떠오른 게 있어 윤기에게로 시선을 돌렸다.

"샘, 전에 「세한도」에 놀라운 수학이 숨어 있다고 하셨죠?"

"놀라운 수학?"

우형과 희수도 윤기를 바라보았다. 윤기는 빙긋 웃으며 고개를 끄덕였다.

"맞아, 수학적으로 대단한 걸 발견했지."

"수학적이라면……."

우형이 입을 열자 진주가 재빨리 말했다.

"전에 윤기 샘이 「세한도」는 철저하게 수학적 비례를 계산한 그림이라고 하셨어요."

진주의 말에 우형이 고개를 끄덕이며 말했다.

"맞아, 비례가 완벽해. 그림과 글의 길이도 비례하고, 인장도 글의 높이에 맞추어 찍었지."

진주가 손으로 「세한도」를 가리키며 말했다.

"예, 글과 그림의 비율이 1대 2고요, 또 가운데 소나무가 그림을 반으로 나눠요."

"진주가 잘 아는구나. 그림에서도 1대 2 비례를 맞추었지. 그런데 나윤기 샘이 말하는 놀라운 수학은 뭔가 더 있나 본데?"

우형이 윤기를 돌아보았다. 진주도 기대에 가득 찬 눈으로 윤기를 바라보았다. 윤기가 「세한도」를 보며 천천히 입을 열었다.

"음, 가운데 곧게 선 소나무가 그림을 반으로 나눈다고 했지. 먼저 소나무를 기준으로 양쪽에 정사각형을 만들어야 해. 이 정사각형의 대각선의 길이가 바로 그림의 가로 길이와 관련 있거든. 진주야, 정사각형의 대각선은 어떻게 구해야 하는지 아니?"

"그럼요. 한 변의 길이에 $\sqrt{2}$를 곱하면 되잖아요."

"그렇지. 이 경우 정사각형의 한 변은 23.3센티미터. 여기에 $\sqrt{2}$를, 즉 1.414를 곱하면 대각선의 길이인데 약 33센티미터야. 그리고 이게 핵심인데, 낙관을 뺀 그림 부분의 가로 길이는 소나무를 기준으로 양쪽이 정확하게 33센티미터이지. 정사각형의 대각선과 정확하게 같아."

윤기의 설명을 들은 우형이 고개를 끄덕이며 말했다.

"그래서 그림의 양쪽 길이를 그렇게 했구나. 그림의 오른쪽 끝에서 제목 옆 글씨까지, 또 왼쪽 끝에서 잣나무까지의 길이가 각각 16.5센티미터인데, 33센티미터의 반인 거잖아."

우형이 그림의 양쪽을 가리켰다. 희수가 윤기의 설명을 듣고 뭔가 골똘히 생각하다 입을 열었다.

"1.414배? 그러면 금강비잖아."

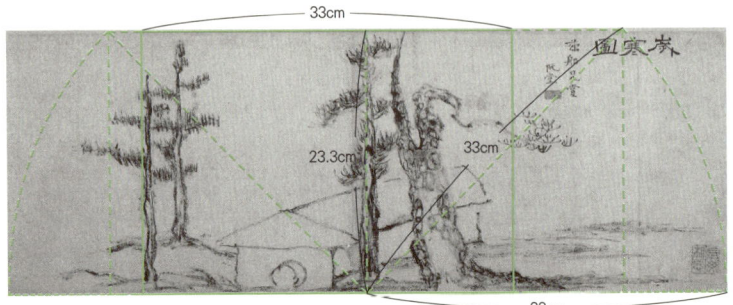

「세한도」에 숨은 금강비

　　우형도 뭔가 깨달은 듯 놀란 눈으로 윤기를 보았다. 윤기는 조금 격앙된 목소리로 「세한도」 앞에 서서 말했다.

　　"그래, 여길 봐. 그림의 핵심 부분도 금강비야. 나무 네 그루와 초가집이 그림의 핵심이잖아?"

　　"그렇지."

　　우형과 희수가 똑같이 고개를 끄덕였다. 진주도 눈을 크게 뜨고 윤기의 말에 귀를 기울였다. 윤기가 말을 이었다.

　　"즉 여기 왼쪽 잣나무에서부터 오른쪽 초가집 지붕을 지나 소나무 밑동까지가 그림의 핵심 부분인데 그 가로가 바로 33센티미터, 세로의 1.414배야. 이것 역시 금강비지. 또 33센티미터에 1.414를 곱하면 46.66센티미터야. 낙관과 배경을 제외한, 실제 그림 부분에 해당하는 왼쪽 나뭇가지 끝에서 오른쪽 나뭇가지 끝까지의 길이도 바로 46.6센티미터로 역시 금강비를 이루고 있어. 어때, 대단하지?"

윤기의 설명이 끝나자 우형의 눈이 휘둥그레졌다.

"금강비, 놀라운 발견이야."

"그래, 정말 놀라운 발견이야. 금강비라니 대단해."

희수도 흥분을 감추지 못했다. 진주가 세 사람을 의아하게 바라보며 물었다.

"금강비가 뭐예요?"

"황금비는 들어 본 적 있지?"

희수가 진주에게 되물었다.

"황금비는 가장 아름다운 비율, 맞지요? 그리스의 신전이나 밀로의 비너스 같은 예술품들이 황금비를 이용했다고 저번에 텔레비전에서 봤어요."

"맞아, 실은 요즘 쓰는 신분증이나 명함, 신용 카드 등 우리 눈에 아름답게 보여야 하는 것들도 황금비를 이용하고 있어. 그 외에 캔버스나 액자도 1.618의 황금비를 이용하지. 다시 금강비로 돌아오자면 금강비는 바로 1.414의 비율을 말해. 금강석, 즉 다이아몬드 같은 비라는 의미야."

"와, 그럼 금강비가 황금비보다 대단한 거네요."

진주가 손뼉을 치며 환호했다. 우형은 여전히 「세한도」에서 눈을 떼지 못하며 말했다.

"「세한도」에 금강비가 숨어 있을 거라고는 생각도 못 했어. 황금비보다 절제되고 엄격한 비례, 금강비가 숨어 있다니.”

윤기가 고개를 끄덕이며 천천히 입을 열었다.

“의식적으로 금강비를 이용했다면 그건 수학적으로 대단히 놀라운 발견이야. $\sqrt{2}$라는 무리수를 이용한 건데 서양에서는 근대에 이르러서야 무리수를 인정하고 사용했거든. 우리 선조들은 그보다 훨씬 전에 무리수를 알고 사용했던 거잖아.”

“피타고라스도 무리수를 발견했지만 인정하지 않은 데다 제자들에게도 발설하지 못하게 했다면서요. 심지어 규칙을 어긴 탓에 죽임까지 당한 사람도 있었대요.”

진주가 수학 시간에 들은 이야기를 말했다. 그러고는 윤기를 돌아보며 방긋 웃었다.

“그런데 샘! 그럼 「세한도」에 정말 보물이 숨어 있던 거네요? 범인들의 말이 맞았어요.”

“뭐? 하하!”

윤기와 우형이 동시에 웃음을 터뜨렸다. 희수도 깔깔 웃으며 말했다.

“정말이네. 도둑놈들한테 좀 가르쳐 주지 그랬어. 너희들이 「세한도」에서 찾는 보물은 바로 금강비다, 이 어리석은 것들아. 이렇게 말이야.”

“가르쳐 주려고 했어. 그놈들한테 보는 눈이 없는 게 문제였지.”

희수와 윤기가 농담을 주고받았다. 우형이 다시금 진지한 표정으로 입을 열었다.

"그러고 보면…… 후지쓰카가 옳았어. 「세한도」에 보물이 있다는 말은 진심이었을 거야."

"후지쓰카도 우리처럼 생각했겠지. 「세한도」는 값을 매길 수 없는 최고의 보물이라고 말했다잖아. 그런데도 대가를 받지 않고 조선 사람에게 그냥 넘겨줬다니, 새삼 대단하네."

희수도 우형의 말에 동조했다. 진주도 두 사람의 말에 고개를 끄덕이며 「세한도」를 바라보았다. 봐도 봐도 질리지 않았다.

"후지쓰카의 혜안이 놀라워. 그도 금강비를 알았을까?"

윤기의 물음에 한희수가 답을 찾아 주듯 말했다.

"서양에서 황금비를 중요하게 썼다면, 우리는 옛날부터 금강비를 활용했어. 부석사 무량수전에서도 금강비를 찾을 수 있다는 거 알아? 건물 높이와 너비의 비율이 바로 1.414, 금강비거든. 석굴암에서도 석굴과 불상의 높이가 금강비를 이루고 있지."

"무량수전은 건축가들이 가장 잘 지은 고건축물로 뽑았잖아."

고개를 끄덕이는 우형의 곁에서 진주는 언젠가 아빠의 고향에 다녀오다 들렀던 영주 부석사를 떠올렸다. 배를 내민 풍만한 기둥들이 아름다웠고 건물은 안정되어 보였다. 진주는 그 아름답고 안정된 느낌이 바로 금강비에서 나왔구나 싶어 절로 고개가 끄덕여졌다. 우형이 윤기를 보며 말했다.

"석굴암은 현대 기술로도 따라 할 수 없는 데다가 수학적으로도 완벽한 구조라고 하던데.”

“맞아, 석굴의 반지름을 기준으로 수학적인 계산을 해서 석굴암의 모든 구조에 적용했고, 그때 $\sqrt{2}$라는 무리수를 사용했어. 또 석굴 천장을 올릴 때도 원주율을 소수점 아래 다섯째 자리까지 정확히 계산했다고 해. 물론 불상도 비율을 계산해서 만들었지.”

진주는 윤기의 말을 들으며 우리의 문화유산이 과학적으로 뛰어나고 예술적으로도 아름다운 것은 바로 수학을 이용했기 때문이 아닐까 생각했다.

전시실을 다 둘러본 진주 일행은 박물관 로비로 돌아왔다. 우형이 윤기에게 물었다.

“윤기야, 전에 「세한도」를 주제로 논문을 쓰겠다고 했잖아. 금강비를 다루려는 거였어?”

“아직 결정하지는 못했어. 금강비만 가지고 논문이 제대로 될까 싶기도 하고.”

“「세한도」를 수학적으로 연구한 사례는 없는 것 같은데 한번 해 봐. 도움이 필요하면 말하고. 미술사 관련한 거라면 얼마든지 내가 도와줄 수 있으니까.”

우형의 말에 희수가 한마디 덧붙였다.

“그러지 말고 너희 둘이 공동으로 쓰는 건 어때? 「세한도」를 미술사학과 수학 분야에서 공동으로 조명해 보는 거야. 괜찮지 않아?”

희수의 제안에 윤기와 우형은 서로를 바라보았다. 우형이 먼저 입을 열었다.

"그럴까?"

"괜찮을 거 같은데? 한번 생각해 보자."

"생각해 볼 것도 없다. 둘 다「세한도」를 연구하는데 따로 할 게 뭐 있어. 미술사학과 수학의 만남, 오랜 친구의 공동 연구.「세한도」주제와도 통하네. 뜻깊은 논문이 되겠는데?"

희수가 두 사람의 어깨를 치며 한껏 부추기자 우형과 윤기는 마주 보며 웃었다.

우형의 배웅을 받으며 주차장으로 내려가는 에스컬레이터를 탔다. 진주가 윤기를 돌아보고 말했다.

"참, 가압장이 폐쇄된대요."

"그래? 언제부터?"

"다음 주부터 공사한대요."

"가압장 폐쇄한다는 소리는 전부터 나왔지……."

구청에서 지역 수도관 공사를 시작하면서 곧 가압장도 폐쇄한다고 했다. 결국 이번 기회에 공원을 만들기로 결정했다는 것이다.

"공원 만들면 산이 어떻게 될지 모르겠어요."

진주의 표정이 뾰로통해졌다. 가압장을 없앤 뒤 체육 시설과 놀이 기구를 설치하고 산책로도 만든다고 했다. 공원을 조성한다지만 뒷산까지 파헤칠 게 뻔해 불만스러웠다.

"가압장도 없어지고…… 동네가 완전히 달라지겠네."

윤기도 조금 허탈한 기분이 되었다. 희수가 주차해 둔 차를 찾느라 두리번거리며 말했다.

"진주야, 나 볼일 있거든. 화실 데려다 줄 테니 오늘은 너 혼자 그럴래?"

"오늘 화실 안 나오세요?"

"오후 늦게야 가겠는데?"

"그럼 저도 집에 들렀다 갈게요."

"나도 집에 가는데. 진주야, 내 차 타고 가자."

진주는 윤기의 자동차에 올라탔다. 주차장을 빠져나가는데 윤기가 좋은 생각이 떠올랐다는 듯 진주에게 제안했다.

"우리 마지막으로 가압장 가 볼까?"

"안 그래도 저도 그럴까 했어요. 가압장 근처 편의점에서 컵라면 먹는 거 어때요?"

"그거 좋지."

윤기가 핸들을 툭 치며 흥겹게 답했다. 자동차는 삼십 분쯤 달려서 동네에 도착했다. 나지막한 가압장 건물이 보였다. 햇살이 회색빛 시멘트 건물을 환하게 칠해 놓았다. 가압장 앞 소나무는 여전히 높다랗고 푸르렀다. 진주는 「세한도」의 글을 떠올렸다. '세한이 온 후에야 비로소 소나무 잣나무가 여전히 푸른 것을 알게 된다.' 한겨울을 견딘 가압장 앞 소나무들은 여전히 시들지 않았다. 적갈

색 줄기와 가지는 더 굵고 탄탄해졌다. 소나무를 올려다보는 진주의 마음도 맑고 푸르렀다.

비례의 세계

가장 안정되고 아름다운 비로는 황금비가 많이 알려져 있지. 비율이 1.618인데, 서양에서는 황금비를 중요하게 생각해서 일찍이 고대부터 이론으로 정립했어. 그리고 건축물을 짓거나 조각상을 만들 때 황금비를 활용했지. 가장 대표적인 황금비 건축물은 그리스의 파르테논 신전인데, 정면의 높이와 폭의 비율이 1.618이라고 해. 파르테논 신전의 모양을 이용해서 뉴욕의 유엔 건물을 짓기도 했어.

인체의 비율도 황금비일 때 가장 아름답다고 해. 가장 아름다운 인체상으로 유명한 밀로의 비너스상도 상체와 하체의 비율을 황금비가 되도록 했어. 비너스의 얼굴도 황금비를 이용해서 만들었지.

황금비는 우리 주변에서도 흔히 볼 수 있어. 명함이나 신용 카드, 주민 등록증 같은 것들이 모두 황금비를 이용했거든. 책이나 액자도 황금비로 만드는 경우가 많은데, 황금비가 안정된 느낌을 주고 아름답게 보이기 때문이야. 실제로 1860년대 독일의 한 심리학자가 실험을 했는데, 사람들이 가로세로의 비가 1.62인 직사각형을 가장 선호한다는 결과가 나왔다고 해.

황금비 직사각형을 만드는 건 그렇게 어렵지 않아. 먼저 한 선분의 길이가 1인 정사각형 ABCD를 그려 봐. 그리고 BC의 중점 E와 꼭짓점 D를 이은 선분 ED를 반지름으로 하는 호를 컴퍼스로 그리는 거야. 그러면 BC와 동일 선상에 위치하는 선분 BF가 나오지? 피타고라스의 정리를 이용해서 계산해 보면 BF의 길이는 $\frac{1}{2}+\frac{\sqrt{5}}{2}=1.618$이야. 그러므로 직사각형 ABFG는 가로와 세로의 비가 1.618대 1인 황금비 직사각형이지. 다음의 그림을 보면 이해가 더 잘될 거야.

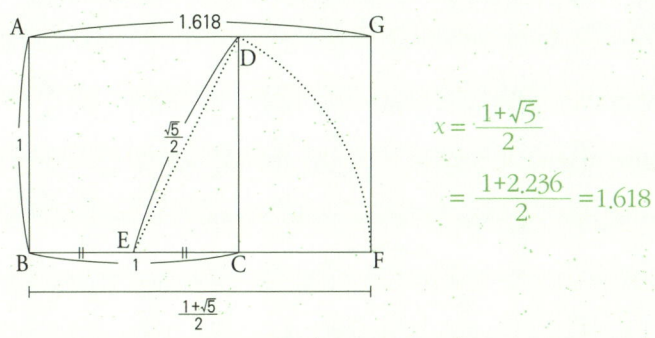

$$x = \frac{1+\sqrt{5}}{2}$$
$$= \frac{1+2.236}{2} = 1.618$$

황금비 직사각형을 그리는 법

황금비에 견주어, 우리나라에서는 금강비를 많이 사용했어. 가로 세로의 비가 $\sqrt{2}$, 1.414인 경우를 금강비라고 해. 금강비라는 이름은 다이아몬드를 말하는 금강석에서 따왔는데, 황금비에 비하여 최고라는 의미로 붙였을 거야. 금강비에서는 황금비보다도 간결하고 안정된 아름다움을 느낄 수 있다고 해.

석굴암과 부석사 무량수전 같은 우리의 건축물에서 금강비의 예를 찾을 수 있어. 배흘림기둥으로 유명한 부석사의 무량수전은 정면에서 처마를 제외한 폭과 높이의 비율이 약 1.414로 금강비야. 또한 건물 측면의 높이와 폭의 비, 바닥의 가로세로의 비도 금강비를 지켜서 만들었어.

석굴암도 주실의 반지름은 12자, 주실과 불상의 높이는 12√2자인데, 주실과 불상을 만들 때 금강비를 지킨 거야. 그뿐만 아니라 암사동 움집 같은 우리나라 신석기 시대, 청동기 시대의 주거 지역에서도 금강비를 찾아볼 수 있고, 고구려 사찰의 금당터 등에서도 금강비를 찾을 수 있어.

오늘날의 일상생활에서도 금강비를 찾을 수 있어. 바로 A4 용지가 대표적인 사례야. 복사지 중 가장 널리 사용하는 A4 용지는 가로 210

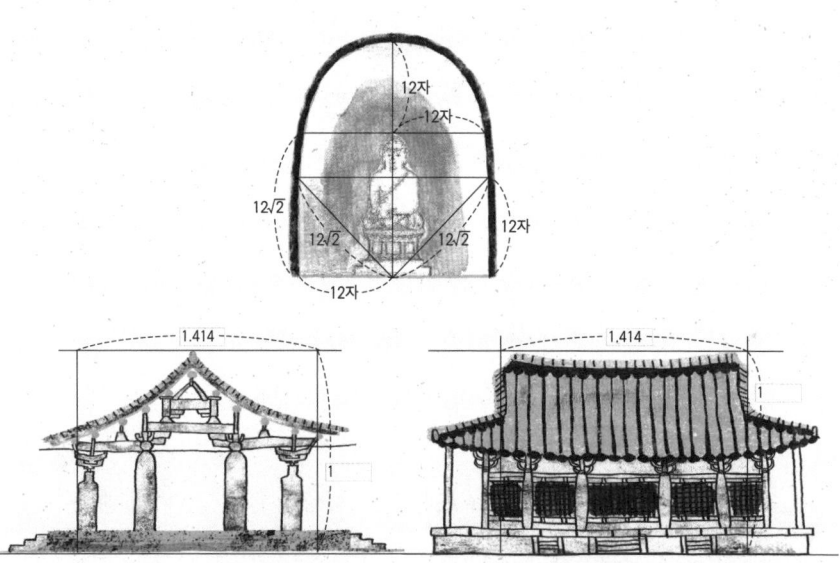

우리 문화유산에 숨어 있는 금강비

밀리미터, 세로 297밀리미터로 그 비율이 약 1.414, 바로 금강비가 되지. 그럼 실제로 금강비 직사각형을 만들어 볼까?

금강비 1.414는 무리수 $\sqrt{2}$의 근삿값으로 정사각형의 대각선을 이용하면 쉽게 만들 수 있어. 한 변의 길이가 1인 정사각형에서 대각선

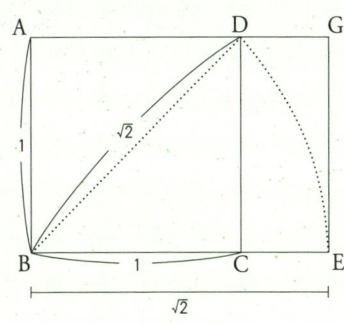

의 길이가 $\sqrt{2}$라는 건 알지? 앞서 한 방식대로 정사각형의 대각선과 길이가 같은 반지름의 호를 컴퍼스를 이용해 그리고, 그 길이를 직사각형의 가로로 삼으면 가로세로의 비가 $\sqrt{2}$인 직사각형이 돼. 앞서 만든 황금비 직사각형과 비교해 봐. 느낌이 사뭇 다를 거야.

🔻 작가의 말

내가 진주 또래였을 무렵, 우리 가족이 상경하여 처음 살던 동네에는 수도 가압장이 있었다. 고지대 주택가에 수돗물을 공급하기 위한 건물이라는데, 미닫이문 안쪽에 한 평 남짓한 방이 있었다. 나도 진주처럼 호기심에 몇 번 기웃거렸으나 사실 그곳을 그리 좋아하지는 않았다. 불량배들이 드나들기도 했지만, 어느 날 시국사건 관련자를 잡는다며 형사들이 상주하면서 사람들을 감시하는 곳이 되어 버렸기 때문이다. 학교를 오갈 때 그 앞을 지나가며 움츠렸던 기억이 난다.

내가 「세한도」를 처음 만난 것도 그즈음이었던 것 같다. 추사 김정희가 유배지에서 그렸다는 그림을 보고는, 나도 진주와 마찬가지로 그림이 마음속에 쏙 들어와 앉는 기분을 느끼며 가슴이 떨렸다. 황량하고 차가운 땅, 메마른 겨울나무, 스산한 초가집인데도 보고 있노라면 마음이 따스해지고 위안을 받았다. 발문에 추사가 적었듯이, 단지 추운 겨울에도 시들지 않는 송백을 보는 것이 아니라 그 시절이기에 느껴지는 점이 있었으리라.

세월이 흐르는 동안 가끔씩 「세한도」를 볼 때면 그때마다 처음에 느꼈던 감동과는 또 다른 느낌을 받았다. 그런데 언젠가 황량한 그림 속으로 들어가 초가집 안을 들여다보니, 불현듯 어릴 적 살던 동네의 가압장이 떠올랐다. 그림 속의 초가집은 신기하게도 그 시멘트 건물을 닮은 듯했다. 그때부터 나의 「세한도」 감상에는 가압장의 기억이 따라붙게 되었다.

작년 봄, 제주 추사관에서 「세한도」를 보고 또다시 가슴이 뛰었다. 소박한 소재와 완벽한 구도, 간결한 아름다움에 새삼 매료되었다. 한눈에 비례가 완벽한 작품이라는 것을 알 수 있었다. 영인본을 구해 길이를 재고 계산을 해 보니, 그림과 글이 완벽하게 비례하며 그림에는 특별한 비율이 활용되었다는 것을 알 수 있었다. 「세한도」에서는 추사의 학문과 예술관뿐만 아니라 뛰어난 수학 실력까지 엿볼 수 있다.

제주에서 돌아와 「세한도」를 펼쳐 놓고 방 안에 틀어박혀서 글을 썼다. 「세한도」를 통해 우리 비례의 멋과 아름다움을 알리고 싶었다. 그림이나 도자기 같은 예술품과 옛 건축물을 보면 우리 민

족이 얼마나 수학을 잘 응용했는지 알 수 있다. 완벽한 구조를 자랑하는 첨성대나 석굴암만 해도 그렇다. 당대의 사람들은 원과 구, 정다각형 같은 도형은 물론, 원주율과 무리수까지 능숙하게 계산했다.

우리는 서양에서 들어온 개념과 기호로 수학을 공부하기 때문에 우리나라를 비롯한 동양에도 수학이 있다는 생각조차 하지 않게 된다. 우리나라에서는 일찍이 삼국 시대부터 수학을 공부하고 활용하였으며 많은 수학책들이 널리 읽혔다. 조선 시대에는 남병길, 이상혁, 최석정 같은 뛰어난 수학자들이 있었고, 수학과 관련된 일을 하는 전문직인 산사도 있었다. 수학 시험에 합격한 산사가 천사백여 명에 이르렀다는 기록이 있을 정도다.

이 책은 잊혀 가는 우리의 수학을 소개하고 그에 대한 이해를 돕는 책이다. 「세한도」에 숨어 있는 수학 수수께끼를 풀다 보면 도량형, 구고현, 마방진과 같은 동양 수학에 대해서도 알게 될 것이다. 이 책이 우리 수학과 좀 더 가깝고 친숙해지는 계기가 되었으면 한다.

날것의 원고를 들이밀어 응모라는 쑥스러운 짓을 해 놓고도, 막상 수상 소식을 들으니 부끄럽기 짝이 없다. 부족한 원고를 뽑아 주신 심사위원들께 감사의 인사를 올린다. 값진 격려와 용기를 한없이 받았는데, 좋은 책을 써서 보답하겠다는 말씀을 드리고 싶다. 손이 많이 가는 원고를 꼼꼼히 살펴 책으로 나올 수 있도록 애쓴

창비 청소년출판부에도 감사드린다. 그리고 모쪼록 세한의 시기를 보내고 있을 청소년들이 즐겁게 읽어 주었으면 좋겠다.

과지초당 옆에 공사 중이던 추사관이 곧 개관한다고 한다. 후지쓰카 지카시의 기증된 자료들도 전시된다고 하니 반가운 일이다. 돌아오는 추사 탄신일, 진주와 함께 가 봐야겠다.

2013년 5월

안소정

참고문헌

『구수략』건·곤, 최석정 지음, 정해남 외 옮김, 교우사 2006.

『구장산술』, 유휘 지음, 김혜경 외 옮김, 서해문집 1998.

『구장산술·주비산경』, 차종천 옮김, 범양사 2000.

『국역 완당전집』, 김정희 지음, 민족문화추진회 엮음, 솔 1998.

『김정희』, 유홍준 시음, 학고재 2006.

『산학서로 보는 조선수학』, 장혜원 지음, 경문사 2006.

『세한도』, 박철상 지음, 문학동네 2011.

『소치 허련』, 김상엽 지음, 돌베개 2008.

『완당 평전』1~3, 유홍준 지음, 학고재 2002.

『완당시선』, 김정희 지음, 신호열 옮김, 솔 1997.

『추사 김정희 시 전집』, 김정희 지음, 정후수 옮김, 풀빛 1999.

『추사 김정희 연구』, 후지쓰카 지카시 지음, 후지쓰카 아키나오 엮음, 과천
    문화원 2009.

『측량도해』, 남병길 지음, 유인영 외 옮김, 교우사 2006.

『한국수학사』, 김용운 지음, 전파과학사 1977.

『국립민속박물관──소장품 도록』, 도록, 국립민속박물관 2007.

『국립중앙박물관』, 도록, 국립중앙박물관 2007.

『후지츠카의 추사연구자료』, 도록, 과천문화원 2008.

『해국(海國)에 먹물은 깊고』, 도록, 서귀포시 2012.

『추사연구』제9호, 추사연구회 2011.

「'세한도'에 내재된 조형 의식과 장황 구성의 변화」, 이수미, 『미술자료』
    제76호, 국립중앙박물관 2007.

국사편찬위원회 조선왕조실록(http://sillok.history.go.kr)

창비청소년문고 9

세한도의 수수께끼

초판 1쇄 발행 2013년 5월 27일
초판 8쇄 발행 2021년 6월 18일

지은이 안소정 | 펴낸이 강일우 | 책임편집 김효근 | 펴낸곳 (주)창비
등록 1986년 8월 5일 제85호 | 주소 10881 경기도 파주시 회동길 184
전화 031-955-3333 | 팩스 031-955-3399(영업) 031-955-3400(편집)
홈페이지 www.changbi.com | 전자우편 ya@changbi.com